Reiner Schöne

Das gläserne Buch

Reiner Schöne

Das gläserne Buch

Ein fantastischer Roadtrip

Mit Illustrationen von
Catrin Welz-Stein

Blues Faces

Bibliografische Information der Deutschen Nationalbibliothek:
Die Deutsche Nationalbibliothek verzeichnet diese Publikation
in der Deutschen Nationalbibliografie; detaillierte bibliografische
Daten sind im Internet über dnb.dnb.de abrufbar.

Umschlaggestaltung: Stefanie Butscheidt
Satz: Jürgen Müller

Herstellung: BoD – Books on Demand, Norderstedt

ISBN: 978-3-9826216-3-0

»Das gläserne Buch« ist auch als Hörbuch verfügbar.

Inhalt

Vorwort

Angefangen hat alles mit Gute-Nacht-Geschichten für meine Tochter Sophie Charlotte. Da war sie etwa acht. Freiweg, was mir gerade einfiel. Eingeschlafen ist sie oft nicht, weil's so spannend war. Und sie wurde älter – wie meine Helden, Noah und seine Freunde. Somit wurden auch die Geschichten älter, sie wurden Geschichten für heranwachsende Kinder. Und ich fing an, sie aufzuschreiben. Aus den Geschichten wurde langsam ein Buch. Und ich merkte, ich schreibe die Abenteuer meiner Helden, ich schreibe diesen Roadtrip auch für mich. Den Musiker der Rock-'n'-Roll-Generation. Aber, Zitat: »Rock 'n' Roll never dies.«

Und so ist es ein Buch für Jugendliche und jung gebliebene Große geworden – ein All-Ager.

Und Freunden, denen ich das Manuskript zu lesen gab, haben gefragt: »Was hast'n du genommen, als du das geschrieben hast?«

»Nicht anderes als meine Träume,« hab ich gesagt und gelacht. »Meiner Phantasie freien Lauf zu lassen und dass meine heranwachsende Tochter nicht genug davon kriegen konnte und mitfabuliert hat – das war meine Inspiration.«

Und so ist es am Ende das gemeinsame Werk von Papa und Tochter geworden. Von jung und von ein kleines bisschen älter.

Now let it rock!

Reiner Schöne

TEIL EINS

Die Begegnung

Der Wind heulte über die unendliche Weite. Es war bitterkalt, obwohl die Sonne schon hoch am Himmel stand und die Schneekristalle glitzern ließ wie Millionen Edelsteine. Nirgendwo auf der Welt konnte es verlorener sein als hier oben im hohen Norden am Polarkreis. Nichts als weiße, blendende Kälte. Kein Mensch, kein Tier, nur Eis und Schnee, zusammengehalten von ewigem Frost.

Plötzlich bewegte sich etwas. Unter dem Schnee kam ein weißes Fellbündel hervor. Der kleine Polarbär war wach geworden und krabbelte aus seiner eingeschneiten Höhle heraus ans Tageslicht. Er kniff die Augen zusammen, weil das grelle Licht ihn blendete. Wo war seine Mama? Er fiepte leise und hatte schrecklichen Hunger. Seine Mama war schon lange zur Jagd ausgezogen, als er schlief, und war bislang nicht zurückgekommen. Noch etwas wacklig auf seinen kleinen Beinen, rutschte er den Abhang hinunter, kullerte und kullerte, bis er endlich unten liegenblieb.

Den kleinen Bär überkam plötzlich ein unheimliches Gefühl, das er bisher nicht gekannt hatte in seinem kurzen Leben: Er hatte Angst. Angst, allein zu bleiben. Und schon wieder kam etwas Neues, nie vorher Gekanntes: Er weinte. Er weinte und weinte und konnte gar nicht mehr aufhören. Die Tränen kullerten über sein kleines Bärengesicht und fielen in den Schnee. Immer mehr Tränen, ganze warme Bäche weinte der Kleine, und der Schnee unter ihm fing an zu schmelzen. Doch nicht nur der Schnee, unter dem Schnee schmolz auch das Eis; die ganze meterdicke Eisschicht schmolz unter dem Schmerz des einsamen Bärenkindes, bis ein Loch entstand und es hinunter ins Wasser fiel.

Nun war das ja nicht irgendein Wasser. Es war der Nordatlantik. Ein großer, dunkler, feindseliger Ozean, viele tausend Meter tief. Und der Kleine hatte noch nicht schwimmen gelernt. Er sank und sank und strampelte mit den Beinen und sank langsam immer tiefer, als plötzlich etwas Riesiges, Dunkles auftauchte und den kleinen Bären auffing. Warm wurde es um ihn und weich. Kein Wasser mehr, irgendeine Höhle. Die sich bewegte.

Ein großer Wal hatte das Fellbündel mit seinem Maul aufgefangen und vorm sicheren Ertrinken gerettet. Aber Wale sind friedliche Tiere, die nur kleine Krebse fressen, die man Krill nennt. Doch das konnte der kleine Findling natürlich nicht wissen, und sein Herz klopfte wie verrückt. Noch hatte er keine Ahnung, wo er war.

Langsam hatten sich seine Augen an die Dunkelheit gewöhnt, da sah er in einer Ecke etwas schwach Leuchtendes. Er robbte vorsichtig darauf zu, als er plötzlich eine Stimme hörte. Eine tiefe, warme, angenehm brummige Stimme.

»Wer bist du denn, mein Kleiner?« Er konnte nicht sehen, woher die Stimme kam, aber seine Angst war verschwunden.

»Ich weiß nicht, wer ich bin.« Er war ja noch klein und zu jung, um zu wissen, was die Großen wissen. »Wer bist du denn?« fragte er zurück.

»Ich heiße Wotan. Ich bin ein Wal, und ich glaube, du bist ein Eisbär«, kam es aus dem Dunkel. »Hast du denn auch einen Namen?«

»Was meinst du damit?« wollte der Bär wissen.

»Wie nennt dich denn deine Mama? Alle Kinder haben doch einen Namen. Meiner ist Wotan, wie ist denn deiner? Aber ich merke schon, du hast noch keinen Namen, du verwirrter Eisbär.«

Wotan überlegte eine Weile. »Pass auf, vor langer, langer Zeit, da gab es mal einen Mann, der hieß Noah. Der baute ein riesiges Schiff, eine Arche, um ganz viele Tiere vor einer großen Flut zu retten, der Sintflut. Und so komme ich mir grade vor. Wie deine Arche, weil ich dich gerettet habe.«

Wotan brummte gemütlich. »Ich werde dir jetzt einen Namen geben: Den Namen, der für immer mit der Arche verbunden ist: Noah. Wie gefällt dir das?«

»Noah«, wiederholte der Kleine, »Noah, ja das gefällt mir!«

»Wotan und Noah, das klingt wirklich schön«, brummte der Wal. »Und was, beim Neptun, machst du da eigentlich unterm Eis im tiefen Wasser, mein Freund?«

Noah war noch zu verwirrt, um die ganze Geschichte zu erzählen. Er musste sich erst mal zurechtfinden da im Maul des riesigen Brummtieres.

»Ist ja auch egal. Aber ich kann dich nicht wieder nach oben bringen. Über uns ist alles zugefroren, ich muss dich mitnehmen.«

Noah musste so viele neue Eindrücke verarbeiten, sein Kopf schwirrte, und er fragte: »Wohin mitnehmen?«

»Nach Afrika. Meine Freunde und ich schwimmen nach Afrika, und da kann ich dich an Land setzen, wenn du willst. Bis dahin mach's dir bequem. Ich hab einen bösen Backenzahn, der tut zwar weh, aber ich glaube, er leuchtet da im Dunkeln. Das kommt von den Bakterien. Dahinter steckt ein Buch, das ich aus Versehen fast verschluckt hätte. Es schwamm im Wasser, und nun hat sich's da verklemmt. Du kannst dir die Bilder ansehen, ich nehme an, dass du noch nicht lesen kannst.«

Natürlich konnte Noah nicht lesen, er verstand kaum die vielen neuen Worte, die Wotan da brummte, aber er fand das Buch und sah lauter fremde Sachen, die ihm gefielen: wunderschöne Bilder.

»Du hast doch sicher Hunger, mein Freund?« fragte Wotan nach einer Weile. »Halt dich mal gut fest!«

Noah ergriff einen von Wotans Barten, das sind die Zähne der Wale, als das riesige Maul aufging und ein Schwall Wasser hereinschwappte. Mit lauter kleinen Krebsen.

»Das ist Krill, du Landratte«, brummte Wotan, »nimm dir, so viel du magst. Und dann versuch zu schlafen, wir haben eine lange Reise vor uns.« Der Krill schmeckt gar nicht so schlecht, der kleine Bär war endlich satt und wurde allmählich ganz schläfrig. Er war gerade eingenickt, als er seltsame Töne hörte. Fremdartige Töne, doch irgendwie beruhigend.

»Was ist das, Wotan?« Er sagte zum ersten Mal »Wotan«, und es gefiel ihm, wie vertraut das über seine Lippen kam. Er war nicht mehr allein, er hatte einen Freund, einen Beschützer, und ihm wurde ganz warm um sein kleines Herz.

»Das sind die anderen Wale«, brummte Wotan, »sie reden mit mir, ich werde jetzt antworten. Es wird ein bisschen laut, aber hab keine Angst, mein Kleiner.« Wotan sang einen wunderschönen, breiten Ton.

»Was hast du gesagt, Wotan?« Aber statt zu antworten, sang Wotan weiter und erzählte seinen Freunden, dass er ein Eisbärbaby im Maul habe, das er nach Afrika mitnehmen würde. Die

Wale ermahnten Wotan, gut aufzupassen auf seinen kleinen Passagier und ihn nicht rausfallen zu lassen oder gar zu verschlucken.

Noah war inzwischen fest eingeschlafen und träumte beim Gesang der Wale. Er träumte von Afrika. Aber das war sehr verschwommen, er hatte ja noch keine Ahnung, wie es in Afrika aussah. Die Wale unterhielten sich über viele Kilometer hinweg unter Wasser, und der kleine Bär lag friedlich und sicher in Wotans Maul und merkte gar nicht, wie er so dahinglitt auf dem Weg in ein großes Abenteuer.

Die Reise

Noah wachte auf und blinzelte. Erst wusste er gar nicht, wo er war. Er streckte seine Glieder, wie es ihm seine Mama immer vorgemacht hatte, wenn sie nach einem gesunden Bärenschlaf erwachte. Noch nicht ganz da, fiepte er leise: »Mama?« Er sah sich um, und im milden Schein von Wotans schmerzendem Zahn erkannte er bald, dass er sich in einer Höhle befand.

Das Fiepen wurde lauter: »Mama!« Aber die Mama antwortete nicht. Und Noah fing an, jämmerlich zu schluchzen.

»Guten Morgen, ich merke, du bist wach.« Eine irgendwie vertraute Stimme sprach weiter: »Willst du mir jetzt nicht mal erzählen, was dir passiert ist und warum ich dich da im tiefen Ozean auffischen musste? Vielleicht kann ich dich ein bisschen trösten.« Wotans tiefer Brummbass wirkte sofort beruhigend auf den einsamen Kleinen, der in seinem Kopf langsam das Puzzle des gestrigen Tages zusammensetzte.

»Aber erst mal wollen wir frühstücken, halt dich wieder gut fest.« Und kaum hatte Noah irgendwo Halt gefunden, als auch schon ein großer Schwall durch Wotans weit geöffnetes Maul hereinschwappte. Nachdem nach Walart das Wasser wieder durch die Barten zurück ins Meer gepresst worden war, blieb ein leckeres Frühstück zurück.

»Das ist alles für dich, mein Freund.«

Noah machte sich sofort über die leckeren Fische her, die da vor ihm in der dämmrigen Höhle zappelten. Eigentlich wurde er ja noch von seiner Mama gestillt, aber er konnte jetzt nicht wählerisch sein. Es schmeckte ihm ausnehmend gut und kaum war er satt, brummte Wotan: »So, jetzt bin ich dran. Festhalten!«

Wieder öffnete sich das Scheunentor, nur diesmal kam eine ganze Wagenladung Krill herein. Vorsichtig schob die riesige Zunge die Walnahrung an dem kleinen Bär vorbei, der sich mit seiner ganzen Kraft festhalten musste, damit Wotan ihn nicht mit verschluckte.

Von fern hörte er den Gesang der anderen Wale, als Wotan neugierig nachfragte: »Meine Reisekameraden wollen wissen, was dir passiert ist. Leg mal los, du.«

Und Noah erzählte und fing wieder an zu weinen, weil ihm bewusst wurde, wie weit weg er von seiner Mama war. »Vielleicht seh ich sie nie wieder, und sicher macht sie sich Sorgen.«

Draußen wurde es still. Die Wale waren verstummt, und auch Wotan schwieg lange. Die wunderschönen Tiere, die hundert Mal größer und hundert gefühlte Jahre älter waren als Noah, überlegten, wie sie ihm helfen könnten. Vielleicht weinen Wale ja auch, man sieht es nur nicht im Wasser.

»Weißt du was, mein Kleiner«, brummte Wotan nach einer Weile ganz sanft, »es ist jetzt, wie es ist, ich setze dich erst mal in Afrika an Land, und wenn wir nächstes Jahr zurück nach Norden ziehen, nehmen wir dich wieder mit und versuchen, deine Mama zu finden.« Er war weise genug, um zu wissen, dass das ein schier unmögliches Unterfangen war, aber er wollte dem Bärenkind etwas Tröstliches sagen. Ganz leise sangen die anderen Wale da draußen ihre Zustimmung, und ihr Gesang beruhigte Noah; er hatte noch nie solch schöne Töne gehört. Es war überhaupt die erste Musik, die er hörte in seinem jungen Leben. Bisher kannte er nur das Heulen des Polarwindes. Er fand, dass der Gesang der Wale viel schöner war.

Langsam schlief er wieder ein. Das leichte Schaukeln im großen Ozean entspannte ihn, und er träumte sich näher heran an Afrika.

Aber dann wurde er unsanft geweckt. Es schaukelte mächtig, und ihm wurde ein bisschen übel. Er rollte über Wotans große Zunge und wieder zurück.

»Keine Angst, du Landratte«, ertönte Wotans beruhigender Brummbass, »wir schwimmen durch einen heftigen Sturm, oben sind riesige Wellen, und auch hier unten schaukelt es heftig. Halt dich gut fest, ich muss wieder mal nach oben, Luft holen.« Noah wusste natürlich nicht, dass Wale keine Fische sind, sondern Säugetiere. Ab und zu müssen sie auftauchen, um zu atmen. Je höher Wotan kam, den großen Wellen entgegen, desto mehr rumpelte und pumpelte es; Noah verging Hören und Sehen, er rutschte in Wotans Maul herum, und der Wal brummte: »Das kitzelt auf meiner Zunge, ich muss niesen, du kleiner Racker; wenn ich jetzt husten muss, verlier ich dich, also bleib, wo du bist. Ich blase jetzt mein Nasenloch aus.«

Es zischte, dann holte Wotan tief und lange Luft und tauchte wieder ab. Es war eine Berg-und-Tal-Fahrt, und langsam hatte der kleine Noah Spaß daran. Wie alle Kinder wollte er spielen und rumtollen, und nun saß er hier im Dunkeln fest und machte das Beste aus seiner Lage. Er hüpfte auf und ab und rollte in seinem Unterwasserkäfig herum.

Wotan musste niesen, aber er musste nicht husten, es bestand keine Gefahr, den kleinen Maulpassagier ins Meer zu pusten.

»Halt noch ein bisschen durch, mein Freund, bald sind wir in Afrika, dann kannst du raus und an Land rumtoben.« Wotan kräuselte seine Zunge und versuchte, Noah zu streicheln. Er leckte ihm zärtlich über den Kopf, und das Bärenkind empfand eine dankbare Wärme in seinem Herzen. Es erinnerte ihn an seine Mama, die immer mit ihm gekuschelt und mit ihrer schwarzen Zunge sanft sein Gesicht geleckt hatte.

Aber er bekämpfte tapfer das Heimweh und fragte: »Wie ist Afrika, Wotan?«

»Hm, es ist anders als da, wo du herkommst. Ich war ja noch nie an Land, ich hab doch keine Beine, so wie du. Es ist schön warm in Afrika, so viel weiß ich.«

»Warm? Was ist das?«

»Oyoyyoyoy, du Baby, du weißt ja noch gar nichts von der Welt. Aber das wirst du alles noch lernen. Warm ist das Gegenteil von kalt.«

»Und was ist kalt?«

»Kalt ist es im Norden, wo du herkommst. Aber dir ist ja nie kalt, du bist doch ein Eisbär. Jedenfalls ist kalt das Gegenteil von warm, ich weiß nicht, wie ich dir das erklären soll. Die Delphine wissen da viel mehr als ich.«

»Delphine, was ist das?«

»Das sind auch Wale, aber viel kleiner und sehr klug. Sie retten manchmal sogar Menschen vorm Ertrinken.«

»So wie du mich gerettet hast?«

»Hm, so ungefähr.«

»Und Menschen? Sind das auch Tiere?«

»Leider nein«, grummelte Wotan leise. »Menschen machen Jagd auf Wale. Vor den Menschen muss man auf der Hut sein.«

Plötzlich klangen die Wale anders. Besorgt. Warnend, wie es Noah schien. »Was ist los, Wotan?«

»Da vorn treibt ein riesiges Schleppnetz, das die Menschen verloren haben. Sehr gefährlich. Besonders für die Delphine. Sie verheddern sich und können nicht mehr auftauchen, um Luft zu holen. Sie ertrinken dann. So kann es auch uns großen Walen ergehen.«

»Was ist ein Schleppnetz?«

»Damit fischen die Menschen mit ihren großen Schiffen die Meere leer.«

Noah schwirrte der Kopf. Es gab offenbar so viel, was er noch lernen musste. Wotan strich ihm wieder mit seiner Zunge übers Fell, und beide schwiegen eine Weile, als plötzlich draußen die Wale wieder sangen.

»Was sagen sie?« wollte der Kleine wissen.

»Wir sind da«, erwiderte Wotan.

»In Afrika?«

»So ist es.«

Noah wurde ganz weh zumute. »Afrika« hieß Abschied nehmen. Und sich da in der Fremde allein zurechtfinden zu müssen. Ohne Wotan. Ohne seine Nähe und ohne die Geborgenheit seines riesigen Mauls. Wotan schien die Gedanken seines kleinen Schützlings zu erraten. »Jetzt nur nicht wieder traurig werden. Ich sag dir nun, wie wir dich an Land kriegen. Pass genau auf.«

Draußen redeten die Wale miteinander und lotsten Wotan durchs flacher werdende Wasser und um die scharfen Klippen herum Richtung Küste.

»Sie wünschen dir Glück, mein kleiner Freund«, sagte Wotan. Jetzt wurde auch er ein bisschen wehmütig, er hatte Noah richtig lieb gewonnen auf der langen Reise. »Ich kann dich aber nicht bis zum Strand bringen, sonst laufe ich auf, weil ich so groß und so schwer bin. Vor meiner Nase schwimmt ein kleiner Baum. Und frag jetzt nicht, was ein Baum ist. Das siehst du gleich. Da werd ich dich draufbefördern, du hältst dich daran fest. Es ist gerade Flut, die trägt dich an Land. Und noch etwas: Mach jetzt deine Augen zu und lass sie geschlossen, bis ich sage, dass du sie aufmachen kannst. Du warst so lange im Dunkeln, das grelle Sonnenlicht würde dir sonst wehtun. Du musst blinzeln und deine kleinen Bärenaugen ganz langsam an die Sonne gewöhnen.«

Noah kniff die Augen ganz fest zusammen. Sein Herz klopfte vor Aufregung, und Wotan öffnete behutsam sein riesiges Maul. »So, ganz langsam die Augen auf, vorsichtig!«

Der Bär tat, wie ihm geheißen, doch dann wurden seine Augen riesengroß und kreisrund. Vor ihm lag die Küste Afrikas. Weißer Strand und dahinter Farben, die er noch nie gesehen hatte.

»Was ist das da hinten?« wollte er wissen.

»Das sind Palmen. Und jetzt raus ins Leben. Stell dich auf meine Zungenspitze.« Plötzlich fiel ihm noch etwas ein: »Nimm das Buch mit, ich schenke es dir als Andenken. Nun leb wohl, mein kleiner Freund. Viel Glück, pass auf dich auf.«

Und bevor Wotan jetzt vor Rührung selber weinen musste, schlenzte er Noah weit von sich bis auf den kleinen Baum, der tatsächlich auf den Wellen schaukelte. Auch die anderen Wale waren aufgetaucht, und alle beobachteten sie, wie ihr kleiner Freund auf seinem Bäumchen von der Flut langsam, aber sicher an den Strand gespült wurde und dabei sein Buch fest zwischen den Zähnen behielt. Als sie sahen, dass er in Sicherheit war, tauchten sie ab und setzten ihre Reise fort, wohin es sie auch immer führen mochte.

Der erste Tag in Afrika

Noah schüttelte sich das Wasser aus dem Fell und krabbelte auf den Strand. Von die lange Reise waren seine Beine ganz schwach geworden. Er fiel immer wieder um und ruhte sich erst mal aus. Da lag er nun in einer fremden Welt: Der Himmel hatte ein sattes Blau, die Palmen waren von einer unbekannten Zauberfarbe; es war Grün, wie er später lernte, und sein Pelz wurde schnell trocken in der lauen Meeresbrise. Es war angenehm. Das war wohl »warm«, wie Wotan ihm zu erklären versucht hatte. Afrika ist warm, war seine erste Empfindung. Warm ist schön.

Die letzte Mahlzeit lag nun schon eine ganze Weile zurück, ihm knurrte der Magen. Und kein Walmaul würde sich öffnen und ihm den Tisch decken. Aber er hatte auf der Reise gelernt, dass er sein Schicksal selber in die Hand nehmen musste, wenn er in Afrika angekommen war.

Er rappelte sich auf und lief wacklig zu den Palmen. Dahinter begann ein dichter Urwald. Er bemerkte plötzlich, dass er nicht allein war. Es tönte und flötete, es trillerte und krächzte um ihn herum. Vögel sangen, Möwen kreischten; aus dem Dschungel kamen Hunderte seltsame Geräusche. Er blickte an einer Palme hoch, und plötzlich machte es RUMMMS, er fiel um und wurde ohnmächtig.

Er kam wieder zu sich, weil ihm etwas am Kinn kitzelte. Er machte die Augen auf – und sofort wieder zu. Neben ihm saß etwas Haariges, Merkwürdiges, Unbekanntes.

»Hey, du Fremdling. Du musst keine Angst haben.« Das unbekannte Wesen zupfte ihn am rechten Ohr. Noah machte erst ein Auge auf, dann langsam das zweite.

»Ich bin der Fips, und wer bist du? Woher kommst du denn? Ich hab dich hier noch nie gesehen. Bist du auch ein Tier?«

So viele Fragen. »Ich bin ein Eisbär, und ich heiße Noah. Ich komme daher, wo's kalt ist. Was für ein Fips bist du denn?«

Fips musste lachen über den Fremdling. »Ich bin ein Affe. Dir ist eben eine Kokosnuss auf den Kopf gefallen, du musst vorsichtig sein unter den Palmen. Willst du mein Freund sein? Viele Tiere sind meine Freunde, aber noch kein Eisbär; meine anderen Freunde werden staunen, komm.« Fips klemmte sich seinen neuen Freund einfach unter den rechten Arm und kletterte mit ihm blitzschnell auf einen hohen Baum. Oben setzte er ihn ab – in einem großen Nest, das kunstvoll aus Zweigen geflochten zu sein schien.

»Hallo, ich bringe einen neuen Freund mit«, rief Fips fröhlich, »ich hab ihn unter der Palme gefunden, von der immer die Nüsse runterfallen. Er ist ein bisschen verwirrt, hat grade eine auf den Kopf gekriegt, und so wie sein Magen knurrt, hat er Hunger. Mama, gibst du ihm was zu essen, bitte?« Fips sprudelte wie ein Wasserfall, er war ein fröhlicher Affe. Seine Mama machte gerade einen leckeren Obstsalat aus Bananen, Apfelsinen und Nüssen. Lauter fremde Dinge. Noah bedankte sich und nibbelte an den Früchten. Hm, schmeckte zwar nicht nach Fisch, aber dennoch irgendwie lecker.

Nach und nach kam die ganze Familie Fips nach Hause. Noah sah zu seinem Erstaunen, dass sich zwei Brüder von den Nachbarbäumen herüberschwangen. Es sah aus, als kämen sie angeflogen. Er nahm sich vor, das so schnell wie möglich zu lernen. Vielleicht könnten seine neuen Freunde ihm das Affenfliegen beibringen. Fliegen war sicher eine der Fähigkeiten, die Wotan meinte, als er sagte, er müsse noch so viel lernen. Und als dann auch noch der Affenpapa durch die Baumwipfel flog, juckte es dem Kleinen in den Pfoten; so flink wie er konnte, stellte er sich an den Rand des Nestes und sprang. Er flog tatsächlich, aber nicht zum nächsten Baum, sondern Richtung Waldboden und blieb in einer Astgabel hängen.

Und schon kam sein neuer Freund hinterher. »Hey, mach das nicht noch mal, du bist doch kein Affe. Und auch kein Vogel. Vielleicht solltest du besser unten am Boden schlafen.«

Aber der kleine Bär wollte auf gar keinen Fall allein sein. Schon gar nicht in seiner ersten Nacht in Afrika. Er hatte seine Lektion gelernt und versprach, nicht mehr fliegen zu wollen.

»So Kinder, ins Bett, morgen früh ist Schule.« Alle protestierten, alle wollten noch mit dem kleinen Neuling spielen; wann kommt schon mal ein richtiger Eisbär in den Dschungel?

Vor dem Schlafengehen bestand Mama Fips liebevoll, aber energisch darauf, dass auch Noah Zahnpflege betrieb. »Du hast so schöne Zähne, die willst du doch behalten, ein zahnloser Eisbär muss nämlich verhungern«, sagte sie. Und so putzte auch er nach Affenart seine Zähne mit kleinen Zweigen. Wie bei allen Kindern musste die Mama noch ein bisschen nachputzen, ehe sie zufrieden war.

Aber nach und nach kriegte Mama Fips alle Rangen in ihre Schlafecken und deckte sie mit großen grünen Blättern zu.

»Das sind Bananenblätter«, sagte Fips, als er Noahs fragende Blicke sah, »hier, nimm meins, es ist warm genug, ich schlafe heute ohne.«

Dem kleinen Bär wurde es ungemütlich darunter, und er merkte, dass es ihm in seinem Nordlandpelz auch zu warm werden konnte. Dann setzte ein Regen ein, es rauschte im Blätterwald, er wurde angenehm nass. Aber auch der Regen war warm, gar nicht wie der kalte Schnee zu Hause. Fips baute fürsorglich aus Bananenblättern ein Zelt über seinen Freund, kroch hinein und kuschelte sich an ihn. Und Noah schlief ein und dachte, Afrika wird schön, wenn man solche Freunde hat.

Im Traum erschien ihm Wotan, aber der Wal schwamm zwischen den Bäumen um das Nest herum, und auf seinem Rücken tanzte Fips und jonglierte dabei mit drei Kokosnüssen. Das sah so komisch aus, dass Noah lachen musste. Er kicherte so laut, dass Fips neben ihm aufwachte und ihn in die Seite knuffte. »Hey, warum lachst du denn so laut, du komischer Bär, du?«

Noah aber wurde davon nicht wach, er ging auf den tanzenden und mit Kokosnüssen jonglierenden Traumfips zu und wollte mitspielen. Doch bevor er wieder aus dem Nest fallen konnte, hatte ihn Fips gepackt und zurück ins Bett bugsiert. Er legte vorsichtshalber seinen Kopf auf die Brust des unruhigen Eisbären, und beide schliefen tief, fest und traumlos, bis das allmorgendliche Konzert der Vögel sie weckte. Der Regen hatte Millionen Wassertropfen auf den Blättern hinterlassen, die im Licht der aufgehenden Sonne aussahen wie Millionen Schneekristalle im Norden. Aber bevor Noah vom Heimweh übermannt wurde, rief Mama Fips: »Aufstehen, Frühstück, Schule«, und ein neues Abenteuer begann.

Noah lernt schwimmen

Schule – schon wieder ein neues Wort. Fips schnappte sich seinen neuen Freund. »Komm, wir fliegen in die Schule«, rief er. Dann machte er einen Riesensatz, landete in der benachbarten Baumkrone, und von dort flog er mit Noah unterm Arm zum nächsten Urwaldriesen und von dem wieder zum nächsten. Mit nur einem Arm – den andern brauchte er ja, um seinen Teddybär festzuhalten – mit nur einem Arm war er genauso geschickt und schnell wie seine beiden Brüder, die den Schulweg ebenfalls hoch in den Baumwipfeln nahmen. Hui, das ging wie der Wind, Noah jauchzte und freute sich wie ein polarer Schneekönig. Nach fünf Minuten schon – viel zu schnell ging die wilde Jagd vorbei – kletterten die drei Brüder an einem Baum hinunter. Fips machte noch einen letzten Satz, rutschte am Stamm einer Kokospalme abwärts und landete sanft auf dem weichen Sand. Sie waren am Strand angelangt, wo sich schon ein paar andere Tierkinder versammelt hatten.

»Ist das Schule?« fragte Noah.

»Wir sind in der Schule«, bestätigten die Brüder, »und hier sind unsere Mitschüler.«

Fips war ganz stolz. »Hört mal alle her, das ist Noah, mein Freund, der Eisbär. Er kommt aus einem Land, wo es kalt ist.« Alle kamen näher, und Fips stellte die Tierkinder vor: »Das ist Moppel, der kleine Waldelefant, das ist die kleine Giraffe, Leo, der kleine Leopard …«

Weiter kam er nicht, denn in dem Moment kam ein seltsames Tier angeflogen und landete umständlich vor ihnen. Fips konnte gerade noch seinem Freund ins Ohr raunen: »Das ist unser Lehrer«, als sich der seltsame Vogel mit gravitätischem Schritt dem neuen Schüler näherte und sich ein komisches Ding auf seinen Schnabel klemmte. Es war ein altmodischer Kneifer, eine Art Brille ohne Bügel. Er betrachtete Noah mit gütigen Augen: »Willkommen in unserer Schule, du kleiner Eisbär.« Er war alt und sehr weise und äußerst gebildet, denn er war ein Marabu und kannte alle Kreaturen, die auf Erden kreuchten und fleuchten.

»So, Kinder, nehmt eure Plätze ein, und du erzählst uns jetzt mal, wie du hierhergekommen bist. Moppel, Fips, hört auf zu schwatzen!«

Noah war erst noch ein bisschen scheu und erzählte mit leiser Stimme, was ihm widerfahren war. Wie er in Wotans Maul durch den weiten Atlantik bis hierher nach Afrika kam; er erzählte vom Gesang der freundlichen Wale und wie ihm eine Kokosnuss auf den Kopf gefallen war.

Der kleine Leopard kicherte und sagte vorlaut: »Das ist mir gestern auch passiert«, und er zeigte eine beachtliche Beule an seinem Kopf.

Nachdem nun alle die Beule begutachtet hatten, klapperte der alte Marabu mit seinem langen Schnabel – das bedeutete ›Ruhe bitte!‹ – und sprach: »Heute ist Musik dran.« Fips und seine Brüder deckten eine komische Kiste ab, die zum Schutz vorm Regen unter Bananenblättern verborgen war, der Marabu setzte sich auf einen Hocker und spielte auf dem Ding. Es war ein Klavier, das irgendwann mal in einem Boot an Land getrieben worden war. Niemand hatte je das Rätsel lösen können, warum ein Klavier samt Hocker in einem ansonsten leeren Boot auf dem Meer herumtrieb. Es klang ein bisschen schräg, denn die Saiten des Instruments waren ein wenig verstimmt, aber das störte niemanden. Der Marabu spielte und erzählte den Kindern von einem Mann, der vor vielen Jahren wunderschöne Musik geschaffen hatte. Er erklärte ihnen, was eine Oper ist und sang eine Arie, die der besagte Mann geschrieben hatte. So einen Mann würde man Komponist nennen, und weil es keine Schultafel gab, schrieb er mit seinem Schnabel den Namen in den Sand.

»Lies vor, bitte«, sagte er und zeigte auf die kleine Giraffe. Sie sah auf die Schrift und buchstabierte laut:

»M – O – Z – A – R und ein T.« Und alle Tierkinder riefen im Chor: »Mozart.«

»Wolfgang Amadeus Mozart«, erklärte der alte Marabu. Alle lauschten gespannt, als er das Leben des Musikanten vor ihnen ausbreitete. Und Noah fragte sich, ob Wotan diesen Mozart auch kannte, war doch Wotan schon so alt und kam überall herum in der Welt. Er träumte vor sich hin. Das also ist Schule, und hier kann ich all das lernen, was ich noch nicht weiß. Wo mögen die Wale jetzt sein, vielleicht waren sie auch mal in so einer Schule? Einer Walkinderschule.

Der Marabu schwang eine Glocke, die er auch irgendwann mal am Strand gefunden hatte, und rief: »Pause!« Sofort schnatterten alle drauflos, als hätten sie nur auf das magische Wort Pause gewartet.

Die Tierkinder liefen durch den Sand, hüteten sich aber vor dem Wasser. Nicht mal die Füße benetzten sie. Noah hörte erstaunt, dass die anderen genauso wenig schwimmen konnten wie er. Der kleine Leopard war eine wasserscheue Katze, die Affen gingen nur ungern ins Wasser, die kleine Giraffe hatte sowieso keine Lust, schwimmen zu lernen, und auch der Marabu wurde nur nass, wenn es regnete.

Der schaute seinen Schülern beim Spielen zu, als ihm ein Gedanke kam. »Moppel«, rief er, »Elefanten sind natürliche Schwimmer. Willst du unserm neuen Freund nicht zeigen, wie man das macht? Ein Eisbär muss doch schwimmen können.«

Moppel hob Noah mit seinem Rüssel auf den Rücken und trabte ins Wasser. Die anderen sahen gespannt zu, wie die beiden langsam durch die Brandung im tieferen Wasser verschwanden. Nur noch Moppels Kopf mit hoch erhobenem Rüssel ragte heraus, und Noah rutschte ein bisschen haltlos auf seinem breiten Rücken herum. Dann fiel er ins Wasser und machte instinktiv die Bewegungen von Moppel nach, die er im klaren Wasser sah. Er ruderte mit seinen kleinen Beinen ganz schnell und bemerkte plötzlich, dass er genauso schwamm wie Moppel. Ihn überkam eine unbändige Freude, endlich war er ein richtiger Eisbär, er würde nie mehr ertrinken können. Er nahm einen Mund voll Wasser und spritzte es übermütig Moppel ins Gesicht. Der, nicht faul, saugte seinen Rüssel voll und duschte Noah mit einem fetten Strahl. Am Strand tobten die anderen vor Begeisterung, und der alte Marabu lächelte weise und dachte: »Schon seltsam, ein Elefant bringt einem Eisbär das Schwimmen bei. Schön ist die Welt hier und so friedlich.« Und er wünschte sich, dass es immer so bliebe.

Er schloss die Augen und träumte seinen alten Traum, irgendwann einmal auf einem nicht-verstimmten Klavier seine geliebten Sonaten von Wolfgang Amadeus Mozart spielen zu können.

Auf dem Heimweg dann schnatterten alle durcheinander und freuten sich mit Noah, dass er schwimmen gelernt hatte.

»Bis morgen«, verabschiedeten sie sich, und Fips klemmte sich seinen Freund wieder unter den Arm und kletterte empor ins Familiennest in der Baumkrone.

Am Abend lag Noah noch lange wach. Er wollte morgen Wotans Buch mit in die Schule nehmen. Vielleicht konnte der alte Marabu ihm beibringen, es zu lesen und ihm die Bilder erklären. Das Buch war sein Schatz, den er hüten wollte, solange er lebte, war es doch das Einzige, was er von seinem Freund hatte. Ohne Wotan wäre er jetzt nicht mehr am Leben; er hätte ihm gern gezeigt, dass er schwimmen konnte und hätte ihn gefragt, ob er diesen Mozart kennt, auf den der alte Marabu offensichtlich so große Stücke hielt.

Fips hatte sich wieder eng an ihn gekuschelt, und dann schlief auch Noah ein und schlief tief und fest, bis das allmorgendliche Dschungelkonzert anhob und die Sonnenstrahlen in den Nasenlöchern kitzelten.

Wotans Buch

Noah erinnerte sich seiner Gedanken, bevor er eingeschlafen war und nahm das Buch mit zur Schule. In der Pause zupfte er dem alten Marabu an den ausgefransten Schwanzfedern.

Der drehte sich um: »Na, mein Kleiner, gewöhnst du dich langsam an dein Leben in Afrika? Es ist sicher nicht so ganz einfach für dich so weit weg von zu Hause. Vielleicht fällt mir ja etwas ein, wie wir deine Mama herholen könnten. Weißt du, es gibt im Leben eigentlich gar keine Probleme, nur Herausforderungen und Lösungen dafür.« Er merkte natürlich sofort, dass das eine ganz blöde Phrase war in dem Augenblick, wie viel Wahrheit auch dahinterstecken mochte. Aber er wollte dem kleinen Bär etwas Freundliches sagen und ihm Mut machen. »Du hast doch etwas auf dem Herzen, was hast du denn da, zeig mal her.«

Schüchtern legte ihm Noah seinen Schatz vor die Füße. Der alte Marabu klemmte sich seinen komischen Kneifer wieder auf den Schnabel und schlug mit bemerkenswertem Geschick das

Buch auf: »Mhm, aha, mhm … erstaunlich, ganz erstaunlich, mein Lieber. Woher hast du denn das Buch?«

Er konnte kaum glauben, was Noah ihm da erzählte. »Du bist schon ein ungewöhnlicher Gesell, du. Erst durchpflügst du den halben Ozean im Maul eines Wals, der dir Bücher schenkt, dann lernst du schwimmen, in Afrika, von einem Elefanten. Mhm, vielleicht hast du ja auch von der Kokosnuss etwas abgekriegt, die auf deinen Kopf fiel.«

Noah konnte dem Alten nicht ganz folgen. »Scherz beiseite. Du hast in deinem kurzen Leben schon allerlei Abenteuer erlebt, aber nun will ich dir sagen, welch erstaunliche Kostbarkeit das ist.«

Noah sah ihn erwartungsvoll an. Der Marabu schaute wieder auf das Buch und las: »›Das Seelenleben der Tiere‹ von Peter Wohlleben. Das ist eine besonders schöne Ausgabe, sehr schöne Bilder.« Die hatten Noah auch gleich gefallen, damals im schummrigen Licht von Wotans leuchtendem Zahn.

Der alte Marabu schwang die Glocke: »Pause ist zu Ende, auf eure Plätze.« Und dann hob er das Buch hoch, erklärte und redete, und der kleine Bär war ganz glücklich, dass Wotan ihm ein so schönes Geschenk gemacht hatte, aus dem der Lehrer jetzt vorlas. Und der las mit so feierlicher Stimme, wie es nur ein weiser Marabu kann. Alle lauschten gespannt, keines der Tierkinder schwatzte, alle hörten andächtig zu.

Dann gab der Marabu Noah das Buch respektvoll zurück. »Pass gut darauf auf, es ist sehr wertvoll. Jedes Buch ist etwas Kostbares, und weil Lesen so wichtig ist, werden wir jetzt Lesen üben.«

Fortan wurde am Ende eines jeden Schultags ein anderes Kapitel gelesen, und nach ein paar Wochen waren alle Schüler ein großes Stück weitergekommen. Sie übten Lesen und hatten Musikunterricht. Auch Noah machte große Fortschritte und hatte die anderen bald eingeholt. Er wollte das Buch unbedingt selber lesen können und irgendwann einmal diesen Mozart kennenlernen.

So blieb der kleine Polarbär viele Monate bei seinen Freunden, wohnte bei Familie Fips, ging in die Schule und hätte ein schönes Leben gehabt – wenn da nicht die Sehnsucht nach seiner Mama gewesen wäre. Es verging kein Tag, an dem er nicht ans Meer ging, um nach seinen Walen Ausschau zu halten. Er hatte noch kein rechtes Zeitgefühl. »Nächstes Jahr kommen wir wieder«, hatte Wotan gesagt, aber wann war nächstes Jahr? Was, wenn die Menschen Jagd auf sie gemacht hatten und sie nicht mehr lebten?!

Der alte Marabu bemerkte, dass Noah immer trauriger wurde. Deshalb sagte er eines Tages, als alle in der Schule versammelt waren: »Kinder, hört mal genau zu. Wir fahren zum Nordpol und suchen die Mama von unserem kleinen Freund. Wer kommt mit?«

Fips war natürlich der Erste, der laut »ich« rief. Die kleine Giraffe folgte ihm: »Ich auch«, hauchte sie. Und der kleine Leopard fragte: »Wie sollen wir denn da hinkommen?«

»Mit dem Schiff natürlich«, antwortete der alte Marabu. Leo hatte Angst vorm Wasser; der Gedanke war ihm nicht geheuer, und er schaute Moppel an: »Wenn du mitkommst, bin ich auch dabei.«

»Na klar komm ich mit«, trompetete Moppel, und so waren alle Freunde mit im Boot.

»Und woher nehmen wir ein Schiff?« fragten alle ganz aufgeregt. Der alte Marabu hatte die Frage natürlich erwartet und auch schon eine Antwort; nicht umsonst hieß er der weise Marabu. Er lächelte – so gut wie ein Vogel eben lächeln kann – und enthüllte ihnen seinen abenteuerlichen Plan.

»Passt auf«, sagte er bedeutungsvoll, »morgen gehen wir zum Fluss und bauen uns ein Floß. Damit fahren wir bis an die Mündung, denn dort gibt es einen Hafen, und da schleichen wir uns auf ein Schiff und fahren als blinde Passagiere nach Norden. Wir nehmen am besten ein Schiff, das nach Norwegen fährt, von da ist es nicht mehr weit bis zum Nordpol.«

Also, für einen weisen alten Marabu war das ein ganz schön naiver Plan. Aber er dachte sich, es gibt keine Probleme, sondern nur Lösungen. Wenn wir erst mal in Norwegen sind, fällt uns schon was ein, wie es dann weitergeht. Er war ganz begeistert von seiner Idee, er fühlte sich plötzlich wieder richtig jung, und seine Abenteuerlust steckte die anderen an.

»Aber, Kinder«, er wurde mit einem Mal ganz ernst, »dass mir keiner einfach so wegrennt von zu Hause; jeder fragt seine Eltern, jeder! Und wenn die Eltern nein sagen, dann bleibt ihr hübsch zu Hause und wartet, bis wir wiederkommen.« Alle ließen die Köpfe hängen und befürchteten das frühzeitige Ende ihres Abenteuers.

Aber, oh Wunder, am nächsten Morgen waren alle da. Nur die Brüder von Fips durften nicht mit. Die Eltern hatten es nur Fips erlaubt, weil er der erste und engste Freund des kleinen Bären war. Fips musste natürlich mit und aufpassen, dass Noah nicht wieder versuchte zu fliegen. Und Moppel gestand zerknirscht, dass er zwar das Floß mitbauen dürfte, aber dann müsste er wieder nach Hause.

Am Fluss angekommen, suchten sie sich ein paar Baumstämme, die der letzte Sturm gefällt hatte. Wie gut, dass Moppel mitgekommen war. Mit seinem Rüssel schleppte er die Bäume zum Wasser. Mit langen dünnen Zweigen band man sie zusammen, ein Ruder wurde gebastelt, ein Mast befestigt, sogar ein Segel zauberte der alte Marabu hervor. Auch das war irgendwann einmal angespült und von ihm in weiser Voraussicht mit all dem anderen wundersamen und praktischen Strandgut aufbewahrt worden. Dann wurde Proviant an Bord verstaut, das Floß war seeklar, das Abenteuer, die große Reise zum Nordpol, konnte beginnen.

Alle umarmten Moppel, der traurig zurückbleiben musste. Sie gingen an Bord, das Segel blähte sich im Wind, und das Floß verschwand bald aus Moppels Augen, der bis zuletzt gewinkt und »auf Wiedersehen!« trompetet hatte. Eine Träne rollte über sein Elefantengesicht, und er hoffte inständig, seine Freunde nach erfolgreicher Mission wiedersehen zu können.

In Seenot

Als die Freunde langsam auf die Hafenstadt an der Mündung des Flusses zutrieben, steuerte der alte Marabu das Floß ans Ufer unter ein paar große überhängende Bäume.

»So, Kinder, ihr wartet hier und rührt euch nicht vom Fleck. Ich schaue erst mal, ob ich ein geeignetes Schiff ausfindig machen kann.« Er breitete seine Schwingen aus und erreichte bald den Hafen. Kein norwegisches Schiff weit und breit. Aber sein Herz hüpfte vor Freude, als er am Heck eines Containerschiffes eine schwedische Flagge erkannte. Und darunter stand der Heimathafen: »Stockholm«, die Hauptstadt von Schweden. Das war nahe genug an Norwegen. Er flog zurück, so schnell er konnte, denn die Sonne ging bereits unter, und am Äquator kommt dann bald die Nacht. Der Marabu steuerte das Floß vorsichtig im Schutz der Dunkelheit an das schwedische Schiff heran. Solch große Containerschiffe haben wenig Besatzung, die Gangway war noch nicht hochgezogen, wahrscheinlich waren die Matrosen noch in den Hafenkneipen. Und so konnten die Freunde tatsächlich unbemerkt an Bord gelangen.

Der Marabu hatte auf seinem Erkundungsflug einen leeren Container an Deck gesehen, dessen Deckel gerade nur leicht darübergelegt wurde. Darin fanden alle bequem Platz, nur die kleine Giraffe musste ihren Kopf ein bisschen einziehen, nachdem sie mit vereinten Kräften den Deckel über sich geschlossen hatten.

Das Schiff legte ab. Als sie aufs offene Meer kamen, wurde dem kleinen Leoparden plötzlich schlecht. »Du bist nur ein bisschen seekrank«, tröstete ihn der alte Marabu, »sogar alte Seeleute leiden immer wieder darunter, das geht bald vorüber.« Fips nahm Leo in die Arme und streichelte seinen Bauch.

Irgendwie beschlich alle ein mulmiges Gefühl; wie lange würden sie in ihrer Behausung aushalten können? Und reichte ihr Proviant überhaupt bis ans Ziel der Reise? Aber der immer fröhliche Fips heiterte sie schnell wieder auf.

Noah liebte das Rollen und Schaukeln des Schiffes, erinnerte es ihn doch an die Reise in Wotans gemütlichem Maul. Wieder fühlte er die vertrauten Wellen des Atlantischen Ozeans, und wieder spürte er die Sehnsucht nach seinem großen Freund im Herzen …

Der Seegang wurde stärker, das Schiff legte sich von einer Seite zur anderen, von Backbord nach Steuerbord, vom Heck zum Bug. Der Container fing an, sich aus der Verankerung zu lösen, die die Schauerleute offenbar nachlässig angebracht hatten. Draußen tobte inzwischen ein Orkan; eine Monsterwelle hob das große Schiff an wie mit einer Riesenfaust und KRRRRRCCHHHHH – der Container rutschte ins Meer. Aber, oh Wunder, er sank nicht. Da er nicht beladen war, tanzte er auf dem aufgewühlten Ozean wie eine Nussschale. Unsere Freunde klammerten sich aneinander und wurden von einer Wand zur anderen geschleudert.

Nach gefühlten drei Tagen beruhigte sich das Meer, der Sturm war vorübergezogen. Mit vereinten Kräften stemmten sie das Dach ihrer »Arche Noah« auf, der Deckel rutschte und fiel ins Wasser. Der Himmel war klar, und alle schauten über den Rand des Containers. Weit und breit nur Wasser, kein Schiff, kein Land, nichts als die endlose Weite des Atlantiks. Aber der Marabu hatte wieder mal seine altbewährte Weisheit parat: »Es gibt keine Probleme, nur Lösungen.« Und er wäre nicht der weise alte Marabu, wenn er nicht gewusst hätte, dass sie sich auf einer viel befahrenen Schiffsroute befanden. Er postierte die Gefährten in alle vier Himmelsrichtungen, um Ausschau zu halten.

Leo ging es besser; die Seekrankheit war vorüber. Er hatte die Wache Richtung Westen, er strengte seine scharfen Katzenaugen an und blinzelte in die tiefstehende Sonne.

»Master Marabu, was ist das?«, rief er plötzlich ganz aufgeregt. Alle kamen zu ihm herüber. Der Marabu setzte seinen komischen Kneifer auf, der immer um seinen Hals hing und der selbst den Orkan überstanden hatte.

»Wenn es nicht eine Fata Morgana ist, aber wir sind hier ja nicht in der Wüste, Kinder«, er konnte das Dozieren einfach nicht lassen, »dann muss es wohl ein Schiff sein!« Und tatsächlich wurde das Schiff langsam größer und größer.

»Das heißt, es kommt auf uns zu, wir sind gerettet«, jubelte die Giraffe. Mit ihrem langen Hals ragte sie über den Rand ihrer Arche hinaus. Wie das Seerohr eines U-Boots.

Es dauerte aber noch mindestens zwei Stunden, bis das Schiff in ihre Nähe kam. Alle setzten sich auf den Rand des Containers und winkten. Der Marabu aber flog zum Schiff hinüber. Am Heck erkannte er die norwegische Flagge, es war die »Kongeriket Norge«, Heimathafen Oslo. Welch ein Wunder! Der Kapitän war nicht wenig erstaunt, einen sprechenden, struppigen alten Vogel mit einer kuriosen Brille vor seiner Brücke landen zu sehen.

Die Freunde sahen, wie plötzlich ein Boot zu Wasser gelassen wurde und auf sie zuhielt. Den Matrosen fielen fast die Augen aus dem Kopf, als sie die Tiere sahen. Vorsichtig halfen sie ihnen, in das kleine Motorboot herüberzuklettern. Inzwischen war auch der Marabu wieder zu ihnen geflogen und versicherte den Seeleuten, dass selbst Leo und Noah ungefährlich seien. Immerhin waren sie in den Augen der Menschen wilde, also unberechenbare Tiere.

Als alle an Bord des Dampfers waren, kam neben der Freude über ihre Rettung aber auch die Ernüchterung. Kapitän Hansen verkündete, dass er keineswegs nach Norden unterwegs sei. Ziel seiner großen Fahrt, die er auch nicht unterbrechen durfte, um die Freunde irgendwo absetzen zu können, sei Perth an der Westküste Australiens. Das war ein Schock, bedeutete es doch, dass sie statt zum Nordpol erst einmal zehntausend Seemeilen ans andere Ende der Welt fahren würden.

Aber es wurden fröhliche Wochen an Bord. Einer der Matrosen schenkte Fips ein kleines Akkordeon, und der spielte bald jedes Lied, das die Männer kannten. Seine Finger tanzten über die Tasten und Knöpfe, er war der Liebling der Seeleute, die mit allen ihren wilden Gästen Freundschaft geschlossen hatten.

Eines Tages pflügte das Schiff durch einen schwimmenden Teppich von merkwürdigen Dingen. Selbst der weise alte Marabu hatte so etwas noch nie gesehen. Die Freunde standen an Deck und rätselten, was das wohl sein könnte.

Die Matrosen schüttelten den Kopf. »Das ist Plastikmüll. Wir gehen sehr unachtsam mit unserem Planeten um.« Und sie erklärten den erstaunten Freunden, was sie wussten, und das klang gar nicht gut.

Nach drei Stunden erst hatte das Schiff den Müll hinter sich gelassen, und der Ozean lag wieder in all seiner Schönheit vor ihnen wie am Anfang der Zeiten.

»Wenn ihr wollt«, eröffnete Kapitän Hansen dem alten Marabu eines Abends, als sie friedlich an Deck saßen und eine Zigarre rauchten, »wenn ihr wollt, kann ich euch in ein paar Monaten wieder mitnehmen.« Der Marabu schaute ihn fragend an und hustete. Der ungewohnte Rauch kratzte ein bisschen im Hals.

»Ich fahre am 22. Mai von Sydney zurück nach Norwegen«, sagte Hansen und blies ein paar Rauchkringel in die Abendluft.

Der alte Marabu sah den lustigen Kringeln nach, bis sie sich über den Wellen auflösten. Er rechnete: Sydney lag an der Ostküste des Kontinents. Das bedeutete, sie hätten nach der Ankunft im Hafen von Perth an der Westküste drei Monate Zeit, sich Australien anzusehen. »Danke, Käpt'n, das machen wir. Wir werden pünktlich am 22. Mai in Sydney sein.«

Alle jubelten, der Plan versprach ihnen ein neues Abenteuer, eine Reise durch einen unbekannten Kontinent. Der Abschied fiel nicht schwer, wussten doch alle, dass sie sich im Mai wiedersehen würden. Das Akkordeon war inzwischen wie am Körper angewachsen, Fips nahm es noch nicht mal ab, wenn er schlafen ging. Er spielte noch ein Abschiedslied, und dann machten sich die Freunde um den kleinen Bär auf den Weg durch eine unbekannte Welt.

Der gläserne Wald

Sie waren schon ein paar Tage in Australien unterwegs, als sie plötzlich vor einem Wald standen. Es war keineswegs ein Wald wie der vertraute afrikanische Dschungel. Die Abendsonne spiegelte sich auf einem gläsernen Wald.

»Vorsicht!« gebot der alte Marabu. Auch er mit all seinem Wissen, hatte einen solch merkwürdigen Wald noch nie gesehen. Langsam kamen sie näher. Bäume, Büsche, Blumen, alles schien aus Glas zu sein, vom Abendlicht in einen goldenen Schein getaucht. Friedlich sah es aus. Unbedrohlich, eine Art Zauberwald. Als sie ihn betreten wollten, stand plötzlich ein junges Mädchen vor ihnen. Mit sanften Augen, rot-goldenen Haaren und einem langen, weißen Kleid.

»Seid gegrüßt und tretet ein. Ich heiße Hyazinthe, und ich werde euch jetzt zu Morat führen.« Ihre Worte klangen freundlich und doch so bestimmt, dass selbst der alte Marabu es nicht wagte zu fragen, wer denn dieser Morat sei. Hyazinthe ging voran. Die Dämmerung hüllte alles in ein weiches, verzauberndes Licht. Gläserne Vögel sangen in den Zweigen, und wundersame Schmetterlinge klappten ihre gläsernen Flügel auf und zu.

Je weiter sie gingen, desto deutlicher hörten sie eine Musik. Leo raunte: »Das klingt noch schöner als Mozart«, hatte er doch die Musik von Wolfgang Amadeus bisher nur auf einem verstimmten Klavier im Urwald gehört.

»Was ist das?« flüsterte Noah. »Es klingt ein bisschen wie der Gesang der Wale. Nur zarter.«

Der Marabu gebot ihm zu schweigen. Hyazinthe blieb stehen und winkte ihnen, voranzugehen. Sie kamen jetzt zu einer Lichtung. Die Musik klang aus mit einem wunderschönen Akkord, und wie aus dem Nichts erschien eine Gestalt. Ein alter Mann, groß, mit einem beeindruckenden silbergrauen Bart. Gewandet mit einem langen roten Mantel. Auf dem Kopf ein spitzer, roter Hut mit ebensolchen Bändern. Eine majestätische Erscheinung. Aber mit einem gütigen Gesicht.

»Seid willkommen. Mein Name ist Morat, ich bin der Herr des gläsernen Waldes, und ich weiß, wer Ihr seid.«

Der alte Marabu verbeugte sich und sagte: »Seid bedankt für Eure Gastfreundschaft.«

Er erwiderte den Gruß auf die gleiche respektvolle Weise. Und redete Morat an, wie es in längst vergangenen Zeiten die Höflichkeit gebot, mit »Ihr« und »Euch«. Der alte Vogel spürte instinktiv, dass sie sich hier an einem Platz ihrer Wanderschaft durch den australischen Kontinent befanden, der von großer Bedeutung für sie werden würde. Aber erst einmal führte Hyazinthe sie zu ihren Schlafplätzen, wo sie sich stärken und ausruhen konnten. Für jeden war das Richtige vorbereitet. Und bald schliefen sie sanft ein.

Der alte Marabu aber blieb wachsam, die Verantwortung für seine Schutzbefohlenen ließ ihn nicht schlafen. Er stand auf und wanderte umher, die anderen stets im Auge behaltend.

»Kommt mit, ich will Euch etwas zeigen.« Morat stand plötzlich hinter ihm. Der Marabu fühlte, hier geschieht keinem ein Leid, und er folgte dem Herrn des gläsernen Waldes ohne Argwohn. Sie stiegen die Stufen hinauf zu den Zinnen eines gläsernen Turms.

»Ich werde Euch helfen«, sagte Morat. Seine Stimme hatte einen beruhigenden Ton. »Hier ist das gläserne Buch, in dem alle Formeln und Anweisungen stehen, die Euch nützlich sein können, solltet Ihr in Not geraten.« Er strich über die Seiten und hielt plötzlich etwas in seinen uralten und doch schönen Händen, das aussah wie die kleine Kopie des gläsernen Buches. »Nehmt, und hütet es wie Euren Augapfel. Studiert es gut und passt auf Eure Freunde auf.«

Der Marabu bedankte sich und wagte eine Bitte: »Wir wollen Noahs Mutter finden. Könnt Ihr uns sagen, wo sie ist?« Morat schaute lange in das gläserne Buch, schlug Seite um Seite um, schloss die Augen und sagte leise: »Ich sehe sie nicht.«

Der Marabu holte tief Luft. »Heißt das, sie ist tot?«

»Nein, das heißt es nicht, mein Freund. Ich kann Euch aber lehren, wie Ihr Eure Gedanken einsetzen könnt, um mit jemandem in Verbindung zu treten. Das wird Euch helfen.«

Der alte Marabu war wie elektrisiert. Er begriff, dass Morat offenbar ein Zauberer war; vor Ehrfurcht sträubten sich seine Nackenfedern. Er lauschte den Worten des Alten und bemühte sich, alles zu verstehen, als Morat ihn lehrte, seine eigenen Willenskräfte einzusetzen. Noch bevor der Morgen graute, wagte der Marabu einen Versuch. Und das Wunder geschah: Als die anderen erwachten, lag plötzlich Moppel neben ihnen.

»Moppel!!!« Fast erdrückten sie den kleinen Elefanten vor Freude. Der Marabu gebot ihnen, Morat zu danken. Moppel schien gar nicht erstaunt zu sein. »Meine Mama und mein Papa haben mir plötzlich doch erlaubt, mit euch zum Nordpol zu fahren, und nun bin ich hier. Ist doch alles ganz logisch, oder?«

Die Zeit drängte, der Marabu wollte unbedingt rechtzeitig in Sydney sein, und noch lag der riesige Kontinent vor ihnen. So verabschiedeten sie sich vom Herrn des gläsernen Waldes; der nahm den alten Marabu zur Seite und kniete vor dem struppigen Vogel. Er umarmte ihn und sagte leise: »Passt auf Euch auf, mein Freund – und auf Eure Schutzbefohlenen. Ihr habt etwas sehr Wertvolles gelernt, nutzt Eure Energie weise, aber hütet Euch, sie zu missbrauchen. Wenn Ihr in Not geratet, könnt Ihr in Kontakt mit mir treten. Aber besinnt Euch zuerst auf Eure eigenen Kräfte.«

Der Marabu sah Morat still in die Augen. Der Zauberer fuhr fort: »Ich verrate Euch noch ein Geheimnis. Am Ufer des Sees Abrax wachsen die rotgepunkteten Blaubeeren. Ihr müsst sie in der Vollmondnacht pflücken. Sie bergen ein Geheimnis, Ihr findet alle Informationen in Eurem gläsernen Buch. Daneben wächst das Nieskraut. Beeren und Kraut haben eine Kraft, die Ihr noch brauchen werdet. Geht sparsam mit beiden Naturgaben um. Lebt wohl. Wir sehen uns wieder.«

Der struppige Vogel spürte, wie ihm die Tränen in die Augen traten. Er hatte einen Freund gefunden und verabschiedete sich von ihm, indem er seine Schwingen ausbreitete und ungeschickt versuchte, den Zauberer zu umarmen.

Dann führte Hyazinthe die Freunde bis ans Ende des gläsernen Waldes und sagte lächelnd: »Auf Wiedersehen.«

Alle spürten, sie meinte es auch so.

Die Tagwölfe und die Nachtwölfe

Ausgeruht und mit neuen Kräften ausgestattet, marschierten die Freunde weiter. Am Abend versperrte ihnen ein hoher Berg den Weg. Zu steil, um ihn zu überwinden, zu breit, ihn zu umgehen. Zu alldem galt es, vor dem Berg auch noch einen Fluss zu überqueren. Ratlos schauten alle auf die Hindernisse. Der alte Marabu dachte nach. Was hatte der Zauberer ihm mit auf den Weg gegeben? »Besinnt Euch zuerst auf Eure eigenen Kräfte!« Er schaute nachdenklich auf den Fluss. Plötzlich kletterte ein alter Biber ans Ufer und schaute zu ihm hoch.

»Ihr wollt auf die andere Seite des Berges?«

»Ja, mein Freund. Kannst du uns helfen?« Der Biber nickte und grunzte laut. Zwei Minuten später kam eine ganze Gruppe von Bibern angeschwommen. Sie begannen, mit ihren scharfen Nagezähnen kleine Bäume zu fällen. Die Gefährten schleppten sie zum Wasser und banden sie mit Ruten zusammen, darin waren sie ja schon Meister. Dann bestiegen alle das Floß, die Biber gaben ihnen das Geleit, bis sie der Fluss in einen Tunnel im Berg führte.

»Viel Glück auf eurer Reise, und seid vorsichtig«, rief der Biberkönig ihnen nach, »auf der anderen Seite müsst ihr das Land der Tagwölfe durchqueren.«

Bevor der Marabu etwas erwidern konnte, verschwand das Floß auch schon im Dunkel des Berges. Wohin führte sie der unterirdische Fluss, was lag da vor ihnen? Das Wasser rauschte, es war stockdunkel. Nach und nach aber wurde es heller. Kamen sie schon ans Ende des Tunnels?

»Was ist das?« flüsterte die kleine Giraffe. Sie war die Ängstlichste unter ihnen. Die Decke und die Wände des Tunnels waren hell erleuchtet, es sirrte und schwirrte um sie herum.

»Glühwürmchen«, erwiderte der alte Marabu. Es waren tatsächlich Tausende Glühwürmchen, die ihnen die Fahrt durch den gespenstischen Tunnel erhellten. Als sie dann nach einer kleinen Ewigkeit wieder ans Tageslicht kamen, fanden sie sich in einer wunderschönen Landschaft wieder. Der Fluss aber raste dahin. Strudel, gefährliche Stromschnellen überall. Noah am Ruder hatte große Mühe, das Floß um die Sandbänke und Felsen herum zu steuern. KKRRRCHHH. Sie saßen fest. Der Marabu schaute auf seinen kleinen Kompass, den ihm Kapitän Hansen mitgegeben hatte. Sie waren nahe des Westufers gestrandet, sie mussten aber Richtung Osten.

Wieder einmal meditierte er und ließ seinen Gedanken freien Lauf. Da legte sich ein Schatten über das Floß. Am Ufer stand ein großer Baum, der sich zu ihnen hinunter bog. Sein Wipfel reichte bis ans andere, ans östliche Ufer. Der Marabu verstand die Einladung und hieß sie alle hinüberzuklettern, was besonders der kleinen Giraffe mit ihren Hufen schwerfiel. Leo, mit seinen Katzenpfoten bestens gerüstet zum Klettern, half ihr, sicher hinüberzukommen. Der Baum richtete sich wieder auf, und es schien, als ob seine Äste ihnen noch einen Abschiedsgruß über den Fluss nachwinkten. Sie winkten ein Dankeschön zurück. Die Reise ging weiter.

»Das Land der Tagwölfe.« Was hatte der Biberkönig damit gemeint? Er hatte sie zur Vorsicht gemahnt. Die Sonne ging bald unter, es war wohl besser, eine Schutzburg zu bauen. Jetzt wären die Biber wieder nützlich gewesen, galt es doch, eine Art Palisaden zu errichten, einen Zaun um ihr Nachtlager herum. Aber kamen denn Tagwölfe auch nachts? Moppel machte sich ans Werk und riss mit seinem Rüssel ein Bäumchen nach dem anderen aus. Und bevor es ganz dunkel wurde, war das Werk getan. Erschöpft legten sie sich schlafen.

Nur der Marabu wachte und schaute in sein gläsernes Buch. Es war Vollmond, die richtige Zeit, die rotgepunkteten Blaubeeren zu pflücken – und das Nieskraut, von dem Morat ihm erzählt hatte. Er las und las, bis er das Geheimnis entdeckte. In dieser Nacht musste er los. Der See Abrax musste hier irgendwo sein. Sein Kompass und die Koordinaten, die im Buch standen, ließen keinen anderen Schluss zu.

Er weckte die Gefährten. »Ich muss euch heute Nacht alleinlassen. Leo, du hast die erste Wache, wechselt euch ab und seid unbesorgt, ich bin bei Sonnenaufgang wieder zurück.« Bevor die anderen noch etwas sagen konnten, war der alte Marabu in der Dunkelheit verschwunden. Da sie ihm immer vertrauen konnten, legten sie sich wieder hin, und der kleine Leopard kletterte am dicksten Pfosten ihres Schutzwalls hoch. Er ließ seine Katzenaugen über die vom Mondlicht beschienene Ebene schweifen.

Plötzlich scharrte es an den Palisaden. Kamen die Tagwölfe jetzt in der Nacht? Er sah einen kleinen Wolf vorm Zaun, der leise jaulte und scharrte. Als er Leo bemerkte, sagte er: »Habt keine Angst. Ich bin ein Nachtwolf, ich komme, euch zu warnen. Wir wollen euch helfen.« Im Mondschein sah Leo, dass der kleine Nachtwolf ein gelbes Fell hatte. Er sah freundlich aus und kuschelig und schaute zu ihm aus zwei verschiedenfarbigen Augen herauf. Eines war rot, das andere türkis. Plötzlich bemerkte Leo noch etwas und war beunruhigt. Ein ganzes Rudel Wölfe näherte sich dem Lager.

Der Leitwolf ergriff das Wort. »Wir haben gehört, ihr wollt morgen das Gebiet der Tagwölfe durchqueren.« Inzwischen war Fips zu Leo hochgeklettert. Er hatte die Frage des Leitwolfs gehört und rief: »Wir wurden vor den Tagwölfen gewarnt. Wer seid ihr denn? Die Nachtwölfe?«

»Ja, mein Freund, wie sind die Nachtwölfe.«

»Sie wollen uns offenbar beschützen vor den Tagwölfen«, sagte Leo leise.

»Ihr solltet jetzt aufbrechen, um vor Sonnenaufgang das Gebiet der Tagwölfe hinter euch gebracht zu haben. Wir geleiten euch bis zur Grenze, dahinter seid ihr sicher.«

Nun hatten die Gefährten ein richtiges Problem. Sie konnten ja den Weg nicht ohne den Marabu antreten. Und der würde erst bei Sonnenaufgang zurückkommen. Zu spät also. Wo war ihr Lehrer eigentlich? Warum hatte er es so eilig gehabt? Sie erklärten den Nachtwölfen, dass sie noch mindestens einen Tag hierbleiben müssten, und die Nachtwölfe beschlossen, sie dann in der nächsten Nacht aus dem gefährlichen Gebiet herauszuführen.

Leo und Fips, trotz des Gebots des alten Marabus, das Lager nicht zu verlassen, sprangen hinunter und setzten sich zu dem Rudel der Nachtwölfe. Die kleine Giraffe reckte ihren langen Hals über die Palisaden, Moppel und Noah schauten durch die Ritzen des Zauns.

Alle hörten gebannt zu, als der Leitwolf erzählte: »Vor vielen Jahren waren wir alle einfach nur Wölfe. Wir gingen gemeinsam auf die Jagd, wir teilten uns die Beute. Es war Frieden unter uns. Bis eine magere Zeit kam, eine große Trockenheit. Ein ganzes Jahr lang hatte es nicht geregnet, die Tiere verdursteten. Es gab nur noch wenig Beute, uns Wölfen ging es immer schlechter. Und dennoch hielten wir zusammen. Bis eine kleine Gruppe beschloss, ihre Beute nicht mehr zu teilen. Sie behielten alles für sich. Sie wurden egoistisch und böse. Viele von uns verhungerten. Dann kam der Regen wieder, die magere Zeit war vorbei. Und der Ältestenrat entschied, die bösen Wölfe auszuschließen. Und damit wir uns nie wieder über den Weg laufen konnten, trennten wir uns. Die Bösen wurden die Tagwölfe, die Guten die Nachtwölfe. Wir werden bei Sonnenaufgang unsichtbar, die Tagwölfe hingegen bei Sonnenuntergang. Sie blieben böse und gefährlich, und es ist immer Streit zwischen ihnen. Wir, die Nachtwölfe, sind die Guten, die Friedlichen. Das ist die Geschichte.«

Das Geheimnis der rotgepunkteten Blaubeeren

Der Marabu war also losgeflogen. Er wusste, dies war die einzige Nacht, die Beeren und das Nieskraut zu pflücken. Die nächste Vollmondnacht war erst wieder in vier Wochen, da wären sie schon zu weit weg auf ihrem Weg an die Ostküste Australiens. Er musste sich beeilen, wollte er noch vor Tagesanbruch zurück sein. Die Warnung des Biberkönigs vor den Tagwölfen klang nicht gut. Und wer weiß, wie sicher das provisorische Lager vor einem Angriff war.

Er folgte seinem Kompass, er folgte seinem Instinkt,. Er musste sich immer wieder ausruhen. Ein so langer Flug kostete den Alten viel Kraft. Und so dauerte es Stunden, bis er einen See im Mondlicht sah. Das musste der See Abrax sein, den er suchte. Und an dessen Ufern die Abraxi-Trolle darüber wachten, dass niemand ihre Beeren und Kräuter nahm. Nur die Vollmondnächte waren sicher, denn dann feierten sie auf der anderen Seite des Sees ihr Silbernachtfest. Aber welche Seite war die richtige?

Er umkreiste das Gestade vorsichtig und sah tatsächlich tanzende und singende kleine Männchen, also musste er nur zum entgegengesetzten Ufer fliegen. Und da waren sie! Unzählige kleine Büsche. Voller Beeren. Selbst im fahlen Licht des Vollmondes strahlten sie in sattem Blau mit wunderschönen roten Punkten. Er widerstand der Versuchung sie zu kosten, wusste er doch aus dem gläsernen Buch um ihre powervolle Wirkung.

Der Marabu füllte eine Tasche randvoll mit den prall-saftigen Beeren, aber wo war das rätselhafte Nieskraut? Er suchte lange, bis es an seinen Füßen brannte wie Brennnesseln. Genauso hatte es das gläserne Buch beschrieben. Vorsichtig pflückte er Blatt für Blatt, ignorierte das Brennen und füllte auch die andere Tasche.

Plötzlich hörte er ein Kreischen und Zetern. Die Abraxi-Trolle hatten zwei Wächter zurückgelassen, die sich auf den Marabu losstürzten. Er war nicht mehr so schnell wie einst als junger Vogel, er schlug mit seinen Schwingen und versuchte zu fliegen, aber die beiden Taschen behinderten ihn bei der Flucht. Einer der Trolle erwischte zwei seiner Schwanzfedern, die er in der Hand behielt, als der alte Marabu endlich abheben und den wütenden Trollen entkommen konnte. Er hatte Federn lassen müssen, aber er und die Beute waren in Sicherheit.

Das gläserne Buch, das er immer bei sich trug, wog nicht viel mehr als ein Tautropfen, aber die beiden Taschen hingen prall und schwer an seinem Hals. Nur langsam kam er voran. Die Sonne ging gerade auf, als er endlich wohlbehalten das Lager erreichte, wo ihn die anderen ungeduldig erwarteten. Er wirkte müde und sah noch gerupfter und zerzauster aus als sonst. Aber mit einem Lächeln erklärte er, er habe etwas Wunderbares mitgebracht.

Da fiel sein Blick auf etwas, das aussah wie ein gelber Hundeschwanz. »Was ist das denn?« fragte er irritiert.

»Das ist der kleine gelbe Nachtwolf«, sagte Fips mit seinem fipsigsten Grinsen.

Und Moppel trötete: »Er hat sich ein bisschen verzaubert, also nicht so ganz weggezaubert.«

»Tagsüber muss er doch unsichtbar sein«, hauchte die kleine Giraffe. Und dann überschlugen sich alle und erzählten dem alten Marabu wortreich von den nächtlichen Besuchern. Leo gestand: »Ich hab den kleinen gelben Nachtwolf mit reingenommen, weil er so lieb und so kuschelig ist. Kann er nicht bei uns bleiben?« Noch bevor der Marabu etwas erwidern konnte, fielen ihm im Stehen die Augen zu, und er war fest eingeschlafen.

Leo kletterte wieder auf seinen Aussichtsplatz und beobachte die Gegend. Plötzlich kamen sie. Von allen Seiten. Die Tagwölfe. Es mussten mindestens zwanzig sein. Sie sahen ungemütlich aus mit ihren heraushängenden Zungen, blutunterlaufenen Augen und ihren spitzen Zähnen.

»Alarm! Sie kommen!« schrie Leo und versuchte ein gefährliches Fauchen. Es beeindruckte die Tagwölfe kein bisschen. Sie begannen, sich unter den Palisaden durchzugraben. Drinnen kam die erste Wolfspfote bereits zum Vorschein. Moppel trompetete so laut er konnte, holte aus und trat mit voller Wucht drauf. Mit einem gräulichen Jaulen zog der Tagwolf die Pfote zurück. Inzwischen war der Marabu erwacht und erfasste sofort die Situation. Er griff in seinen Beutel und steckte Moppel schnell zwei rotgepunktete Blaubeeren in den Mund. Er selber nahm auch zwei. Noah fiel vor Erstaunen die Kinnlade runter, als Moppel plötzlich riesengroß wurde. Auch der Marabu wuchs zu einer gigantischen Größe und sah aus wie ein Flugsaurier.»Schluck runter!« rief er Noah zu und warf ihm zwei Beeren in den Schlund. Dieselbe Wirkung! Die Angreifer draußen erstarrten vor Schreck, als plötzlich drei riesige Ungetüme über die Palisaden schauten und ein markerschütterndes Gebrüll anhoben. Woraufhin die Tagwölfe mit eingezogenen Ruten und unter angstvollem Gejaule auf- und davonstoben. Der Mutige, dem Moppel auf die Pfote getreten hatte, war nicht ganz so schnell, aber auch er verschwand schließlich hinterm Horizont.

So, was nun? Die Gefährten machten große Augen. Sie wussten nicht, wie ihnen geschehen war. Was war das denn für ein neuer Zauber? Alle sahen den Marabu an, der nach Luft schnappte und ihnen den Beutel mit den rotgepunkteten Blaubeeren zeigte.

»Wenn man eine Beere isst, dann gibt das Kraft, dann ist das Nahrung. Schluckt man zwei, wird man groß. Das hat uns eben das Leben gerettet.«

»Ich will aber nicht so groß sein, du doch auch nicht, Moppel«, maulte Noah, aus dem ja nun ein Monster-Eisbär geworden war.

»Moment, quengelt nicht rum.« Der Marabu griff in den anderen Beutel, nahm ein Blatt in den Schnabel und HATSCHI, er nieste laut und schrumpfte vor den staunenden Augen der anderen wieder zu seiner alten Größe. »Jetzt, du Moppel?« lächelte er verschmitzt und gab ihm ein Blatt. Und so wurden nach zwei weiteren kräftigen Niesern auch die anderen beiden Giganten wieder, was sie vorher waren: der kleine Moppel und der kleine Noah.

Bei den Aborigines

Um kein Risiko einzugehen, blieben sie bis zum Abend innerhalb der Palisaden und warteten auf die Nachtwölfe. Der Marabu wollte keine der kostbaren rotgepunkteten Blaubeeren verschwenden, um einen wiederholten Angriff der Tagwölfe abwehren zu können. Blutrot ging die Sonne unter, alle schauten gespannt auf die gelbe Wolfsrute und warteten.

Der Feuerball war kaum am Horizont verschwunden, als langsam der kleine gelbe Nachtwolf sichtbar wurde. Er öffnete erst das rote, dann das türkise Auge und blickte auf einen kräftigen Schnabel vor seinem Gesicht, auf dessen Ende zwei runde Glasscheiben saßen.

»Willkommen in unserer Mitte, mein Freund«, begrüßte ihn der struppige Vogel freundlich. Dann schob Moppel einen Ausgang frei, alle traten hinaus, um die Nachtwölfe zu erwarten. Und da waren sie auch schon. Einer nach dem anderen wurde sichtbar. Sie hatten den Tag hier in den Büschen verbracht. Sie waren tagsüber nicht nur unsichtbar, sie schliefen auch immer so tief und fest, dass sie den Angriff der Tagwölfe gar nicht hätten mitbekommen können.

Der Leitwolf setzte sich an die Spitze des Zuges, und im Mondschein kamen sie gut voran. Leo und der kleine gelbe Nachtwolf waren unzertrennlich. Als im Osten langsam der helle Streifen am Horizont das Ende der Nacht ankündigte, hatten sie das Reich der Tagwölfe verlassen. Vor ihnen lag nun die Wüste.

Leo bettelte: »Kann mein Freund nicht bei uns bleiben?« Der kleine Wolf schaute zu dem großen Vogel auf und wedelte schüchtern mit dem Schwanz.

Der Marabu strich ihm zärtlich mit seinem Flügel über den Kopf. »Wenn du bei uns bleiben willst, gerne.« Und so kam es, dass unsere Abenteurer einen neuen Freund hatten in ihrer Runde.

Kaum hatten sich die Nachtwölfe verabschiedet, verschwanden sie, als hätten sie sich in Luft aufgelöst. Leo behielt den Schwanz des kleinen gelben Nachtwolfs um den Hals wie einen Schal, spürte er doch, dass er damit seinen Freund den ganzen Tag bei sich hatte. Der Marabu schüttelte lächelnd den Kopf.

Die Wüste. Roter Sand, Steine, karge Sträucher und über allem eine gnadenlos brennende Sonne. Besonders Noah wurde es unangenehm heiß unter seinem dicken Pelz. Der alte Marabu traf eine Entscheidung. »Da hinten seh ich ein paar überhängende Felsen, lasst uns dort im Schatten den Tag verbringen und versuchen zu schlafen. Wir werden dann nachts weitergehen, wenn es kühler ist.«

Als sie zu den Felsen kamen, sahen sie, dass sie da nicht allein waren. Im Schatten saßen Menschen und gruben im Sand.

»Sehr interessant, das sind Aborigines«, dozierte der Marabu, »die Ureinwohner Australiens. Guten Tag.« Die Männer griffen sofort zu ihren Waffen, bemalte kleine merkwürdig geformte Hölzer.

»Habt keine Angst, legt eure Kylies beiseite. Wir kommen in friedlicher Absicht.« Dann klärte er die staunenden Menschen auf, wer sie seien und wohin sie wollten.

Und so blieben sie den ganzen Tag beisammen. An Schlaf war nicht zu denken. Die Aborigines zeigten ihren Gästen, wie sie

Wurzeln und Insektenlarven aus dem Boden gruben, die zu ihrer Nahrung gehörten.

Der Marabu konnte es sich nicht verkneifen, wieder mal aus dem Schatzkästchen seines Wissens zu plaudern. »Entschuldigung, Sir ...« Er wandte sich an einen der Männer und zupfte ihm mit seinem Schnabel ein L-förmiges Wurfholz aus der Hand. »Seht her, das hier ist ein Kylie, eine Jagdwaffe. Im Gegensatz zu diesem Bumerang hier kehrt er nicht unbedingt zum Ausgangspunkt zurück.« Er bat die Männer höflich, die erstaunlichen Flugeigenschaften ihrer Bumerangs und Kylies vorzuführen. Lächelnd unterwiesen die Aborigines unsere Freunde im Gebrauch ihrer kunstvoll bemalten Wurfhölzer, was allen große Freude machte.

Dann wurde Fips neugierig, als er eine komische Röhre entdeckte, ein Bambusrohr. Einer der Männer hielt es an den Mund und entlockte ihm merkwürdige Geräusche.

»Das ist ein Didgeridoo, Fips«, klärte ihn der alte Marabu auf. »Frag doch mal, ob du ...« – aber da hatte der Mann Fips schon das Instrument gereicht, und der kleine Affe bemühte sich vergebens, dieselben Töne zu erzeugen. So gab er es schnell wieder zurück und griff lieber in die Tasten seines Akkordeons, das ein Teil seines Körpers geworden war. Mit Didgeridoo und Akkordeon – beide jammten sie wie wild drauflos, und alle klatschten den Rhythmus dazu.

Der Marabu schloss die müden Augen und dachte, wie schön ist doch die Welt – ein kleiner afrikanischer Affe und ein australischer Ureinwohner machen zusammen Musik! Und er genoss den kostbaren Augenblick.

Den Rest des Tages verdösten alle nur noch im Schatten. Beim kargen Abendessen – die Aborigines aßen die Reste dessen, was sie aus dem Sand gegraben hatten, und der Marabu gab jedem seiner Gefährten eine halbe rotgepunktete Blaubeere – sagte der Clanälteste, er wolle ihnen etwas zeigen, einen heiligen Ort, nur ein paar Wegstunden entfernt.

»Es ist uns eine große Ehre«, erwiderte der Marabu, »wir nehmen Eure Einladung mit Freuden an, Ngurungaeta.« Er wusste, das bedeutete »Stammesältester«, und der alte Mann lächelte und wunderte sich über den zerzausten Vogel und dessen Kenntnis ihrer Kultur.

Es war wieder eine mondhelle Nacht, sie kamen gut voran, und gegen Mitternacht erreichten sie einen Berg, einen Felsen, der sich wie eine Wand vor ihnen erhob. Der Ngurungaeta aber kannte einen schmalen Pfad, der auf ein Plateau führte. Als sie oben angekommen waren, erklärte er, dass der heilige Berg der Ureinwohner, den die Weißen Ayers Rock nannten, einst zu einem Tummelplatz der Touristen geworden war, dass aber dieser Berg hier noch nicht entweiht worden sei.

»Legt euch auf den Boden, schaut in den Himmel und spürt die Kraft, die von diesem Berg ausgeht«, sagte er leise. Alle folgten seinen Worten und wurden still. Es war, als sei jeder für sich, und doch spürten sie, dass sie alle zusammengehörten. So schliefen sie ein.

Wie immer blieb der alte Marabu wach, er wehrte sich gegen den Schlaf, er wollte die Ruhe und die Energie dieses Ortes noch länger in sich aufnehmen. Plötzlich sah er, wie die kleine Giraffe aufstand und umherwanderte. Der Marabu beobachte, wie sie sich zum Rand des Felsplateaus begab. Sie war schon gefährlich nahe am Abgrund.

Den Marabu erfasste eine Ahnung; er zupfte Moppel am Ohr. »Wach auf«, flüsterte er, »die kleine Giraffe ist in Gefahr.« Moppel erhob sich leise, beide näherten sich ihr vorsichtig. Sie machte noch einen Schritt und fiel. Aber da hatte Moppel schon seinen Rüssel um ihr rechtes Hinterbein geschlungen und zog sie zurück vom Abgrund.

»Lass mich los, was machst du denn?« fauchte sie erschrocken und wachte auf.

»Du bist mondsüchtig, mein Kind«, sagte der alte Marabu. »Du bist eine Schlafwandlerin. Moppel hat dich gerade davor bewahrt hinunterzufallen.«

Inzwischen waren auch die anderen erwacht, der Marabu klärte sie auf, und dann nahmen sie die kleine Giraffe in ihre Mitte. Nur Fips grinste wieder mal fipsig und sagte: »Jetzt, hast du deinen Namen weg.«

So kam es, dass die kleine Giraffe von nun an »Mondsüchtig« hieß und der kleine gelbe Nachtwolf jede Nacht aufpasste, dass sie nicht mehr umherwandern und sich in Gefahr bringen konnte.

Ein gefährliches Experiment

Am nächsten Morgen verabschiedeten die Aborigines ihre ungewöhnlichen Gäste. Der Marabu war besorgt. Wenn sie in diesem Tempo weiter gen Osten ziehen würden, kämen sie nie und nimmer am 22. Mai im Hafen von Sydney an, um mit Kapitän Hansen nach Oslo fahren zu können. Er musste eine Möglichkeit finden, schneller vorwärtszukommen.

Er ließ seinen Blick über die Wüste wandern, als wollte er die Landschaft scannen. »Heureka!« rief er laut.

»Wie bitte?« fragte Noah.

»Altgriechisch«, dozierte der Lehrer. »Das heißt: ›Ich habe es gefunden!‹« Er deutete auf zwei scheinbar endlose Metallstränge auf dem Boden, zwischen denen sich in regelmäßigen Abständen dicke dunkele Hölzer befanden. »Das ist ein Gleis. Darauf fahren Eisenbahnzüge. Und damit werden wir weiterreisen.« Er erinnerte sich, wie die Hobos im alten Amerika reisten, Eisenbahntramps, die auf Güterzüge sprangen und damit durchs Land fuhren. Er überlegte; irgendwo musste es doch eine steile Anhöhe geben, die den Zug langsamer werden ließ. Hm, gefährlich, aber möglich. Leo war ein geschickter Leopard, er würde den kleinen gelben Nachtwolf sicher mit an Bord kriegen. Fips, keine Frage, auch er würde es schaffen, aber mit Mondsüchtig, Moppel und Noah würde es ein Problem geben. Es sei denn …

Er fasste einen abenteuerlichen Plan. »Wir laufen die Schienen entlang, da hinten sehe ich eine Steigung, da wird der Zug langsam genug sein.«

»Wofür?«

»Sag ich euch später.« Wieder mal eins dieser Marabu-Geheimnisse, dachten die anderen und machten sich auf den Weg. Am Abend hatten sie die Anhöhe erreicht. Kurz vor ihrem höchsten Punkt gab es ein kleines Wäldchen, da ließ der Marabu alle lagern. Irgendwann musste doch ein Zug kommen, dachte er sich. »Legt euch hin und ruht euch aus.«

Es wurde dunkel. Ihr vertrauter nächtlicher Begleiter, der Mond, war Tage nach Vollmond immer noch hell in der klaren Wüstenluft, und der kleine gelbe Nachtwolf kam wie jeden Abend zum Vorschein und kuschelte mit Leo. Der Marabu legte seinen Kopf auf eine der beiden Schienen. Als er die fragenden Blicke sah, sagte er: »Ich lausche, ob ein Zug kommt.«

Nach ein paar Minuten wurde er aktiv. »So, Kinder, es ist so weit, wir laufen nicht mehr, wir fahren. Der Zug wird hier am Berg sein Tempo verlieren, und wir springen auf. Moppel, mach den Mund auf!« Und der kleine Elefant hob verblüfft und überrumpelt den Rüssel. Der Marabu holte ein Blatt des Nieskrauts aus dem Beutel und steckte es ihm in den Mund. »Kauen«, befahl er, »Mondsüchtig, Noah, ihr auch!« Und bevor die drei etwas erwidern konnten, niesten sie kräftig und waren klein wie Kaninchen.

»Leo, du springst auf einen Waggon und nimmst deinen kleinen gelben Nachtwolf mit. Fips, du übernimmst Moppel, ich bringe die andern beiden an Bord.«

Es kam tatsächlich ein Zug den Berg herauf. Ein schier endloser Güterzug mit zwei Lokomotiven. Wurde der Zug wirklich langsamer? Ja, die lang gezogene Steigung forderte ihren Tribut. Leo hatte schon nach Leopardenart seinen kleinen Freund im Maul.

»Jetzt!« rief der Marabu, »springt!« Mit einem gewaltigen Satz sprang die Katze auf den erstbesten Waggon, Fips hatte Moppel unterm Arm und schwang sich auf den nächsten. Dann ergriff der Alte Noah und Mondsüchtig mit seinen Krallen und flog hoch. Er hatte sich ein bisschen verschätzt und landete ganz knapp auf dem letzten Waggon. Aber alle waren wohlbehalten auf dem Zug angekommen, der nun wieder Fahrt aufnahm, während der alte Marabu die beiden noch mal ergriff und auf Leos Wagen flog. Auch Fips kam mit dem kaninchengroßen Moppel herüber. Übermütig warf er ihn ein paarmal in die Luft wie einen Ball.

Es war alles so schnell gegangen, erst jetzt wurde allen bewusst, was geschehen war. Der Marabu tröstete sie und versicherte ihnen, mit zwei rotgepunkteten Blaubeeren würden sie wieder ihre Normalgröße zurückbekommen. Aber ihnen wurde klar, dass sie bis zum Ende der Fahrt klein bleiben mussten, wenn sie nicht auffallen wollten.

»Versucht jetzt zu schlafen, es wird eine lange Fahrt, Kinder.« Nur er selber konnte wie immer nicht einschlafen. Ihm kamen plötzlich Zweifel. Er hatte ja bisher zuerst die Beeren eingesetzt und sie dann mit dem Nieskraut wieder zurück zur Normalgröße geschrumpft. Jetzt aber hatte er zuerst das Nieskraut angewandt – was, wenn es umgekehrt nicht funktionierte und die Beeren in dieser Reihenfolge nicht wirkten? Nicht auszudenken, wenn dann die drei für immer so klein bleiben würden. Sein Herz schlug schneller. Er musste die Probe an sich selbst wagen.

Vorsichtig öffnete er den Beutel mit den Beeren. Da bemerkte er die Blicke des kleinen gelben Nachtwolfs, der Mondsüchtig wie eine Püppchen im Arm hielt.

»Bleib ruhig«, gebot ihm der Marabu und zerkaute ein Blatt. HATSCHI! Wurde jemand wach? Nein, das Rattern der Räder auf den Schienen hatte das Niesen übertönt. Es dauerte nur ein paar Sekunden, und vor den Augen des kleinen gelben Nachtwolfs schrumpfte der große Storchenvogel zur Größe eines Wellensittichs. So, nun der zweite Versuch. Aber wie viel Zeit musste zwischen Schrumpfen und Wiedergroßwerden vergehen? Mit zitternden Krallen versuchte er, die Antwort im gläsernen Buch zu finden. Der kleine gelbe Nachtwolf sah, wie der winzige Marabu nervös die Seiten dieses merkwürdigen Gegenstands umzublättern versuchte. Ohne seinen Kneifer konnte er nichts erkennen, und der war nicht mitgeschrumpft, er lag nutzlos neben ihm.

Er versuchte, seine Nervosität zu überwinden, nahm all seinen Mut zusammen und schluckte unter großer Anstrengung die erste rotgepunktete Blaubeere, die für seinen kleinen Hals fast zu groß war. Schließlich hatte er auch die zweite hinuntergewürgt und wartete. Und wartete. Und wartete. Plötzlich spürte er ein Kribbeln und Ziehen, er sah, wie seine Flügel wuchsen, sein Körper, wie seine Beine lang wurden und schließlich auch sein Schnabel. Da stand der alte Marabu wieder in voller Größe.

»Bravo«, sagte der kleine gelbe Nachtwolf. Erschöpft, aber erleichtert schloss der Marabu die Augen und gönnte sich auch ein wenig Schlaf. Wusste er doch, dass der Kleine da neben ihm nicht nur über Mondsüchtig wachen würde.

Sydney

Der Zug fuhr geradewegs zur Ostküste. Der Marabu hatte den richtigen Riecher gehabt. Nach zwei Tagen und Nächten, die sie unentdeckt auf dem zugigen, harten Waggon der Great Southern Railway zugebracht hatten, kamen sie tatsächlich nach Sydney. Es war der Morgen des 22. Mai, sie hatten es geschafft. Jetzt wurde es brenzlig, jetzt mussten sie runter vom Waggon. Es war noch dunkel, als der Zug durch ein Gewirr von Gleisen und Weichen rollte und seine Fahrt verlangsamte.

Der alte Marabu wurde aktiv. »So, Kinder, wir sind am Ziel, haltet euch bereit. Jeder weiß, was er zu tun hat.« Er flog ein paar Meter hoch, um zu sehen, ob die Luft rein war und keine anderen Züge ihnen gefährlich werden konnten. Leo nahm seinen kleinen gelben Nachtwolf ins Maul.

»Fips, diesmal nehme ich Moppel, sonst spielst du wieder Ball mit ihm. Du nimmst Mondsüchtig«, wies ihn der Marabu an. Dann hob er vorsichtig Moppel und Noah an und gab das Kommando. Alles lief glatt, aber als sie alle wieder Boden unter den Füßen hatten, fing Moppel an zu maulen. »Kriegen wir jetzt endlich unsre blaugepunkteten Himbeeren?«

Der Marabu hatte das erwartet, er war froh, dass die drei Schrumpflinge so lange ruhig geblieben waren. Er griff in die Wundertüte. »Schau mal, Moppel, was ist das?«

»Na gut, rotgepunktete Blaubeeren. Kann ich auch mehr als zwei haben, ich will wieder so groß werden wie vorher.«

»Nein, nein. Zwei reichen, sonst wirst du noch ein Mammut, und das wollen wir ja auch nicht.« Im vollen Vertrauen auf die Wirkung – hatte er doch alles im Selbstversuch getestet – gab er jedem die richtige Dosis. Alle beobachteten, wie sie größer und größer wurden.

»Aua«, keuchte Mondsüchtig, als ihr Hals länger und länger wurde, »das ziept ja so.«

»Bei mir kitzelt's im Rüssel, ich muss niesen ... HATSCHI.« Moppel nieste so laut, dass sich dem Marabu die Federn hoben.

Alle hielten den Atem an. Niesen musste man beim Kleinerwerden. Aber nichts passierte. Niesen ohne Nieskraut hatte keine Wirkung.

Der kleine gelbe Nachtwolf hatte Mondsüchtig noch immer wie ein Püppchen in seinen Vorderpfoten gehalten, als die Wirkung der rotgepunkteten Blaubeeren einsetzte. »Schade«, sagte er, »ich wünschte, du wärst so klein und niedlich geblieben.« Er drehte Leo sein Hinterteil zu. »Nimm«, und schon war er vor ihren Augen verschwunden. Leo drapierte die gelbe Wolfsrute um seinen Hals und hatte so seinen Freund den ganzen Tag bei sich.

Als die Sonne aufging, waren sie am Hafen. Natürlich erregten sie Aufsehen, aber das war jetzt schon egal, irgendwie mussten sie ja zu Kapitän Hansens Schiff kommen. Der Alte führte die Gefährten geradewegs zum Hafenmeister, der runde Augen machte, als er die Tiere vor seinem Büro stehen sah. Der Marabu verbeugte sich und sagte höflich: »Good day, Sir, wir suchen ein norwegisches Schiff, die ›Kongeriket Norge‹ von Kapitän Olof Hansen.«

Der Hafenmeister nahm seine Tabakspfeife aus dem Mund und erwiderte den Gruß: »Good day, Master Marabu, ich hab euch schon erwartet.«

Nun fiel dem Marabu vor Erstaunen der Kneifer von der Nase. »Wie bitte, Sir, wieso habt Ihr uns erwartet?«

»Die ›Kongeriket Norge‹ ist bereits vor einer Woche ausgelaufen. Die Reederei hatte den Zeitplan geändert. Kapitän Hansen konnte nicht auf euch warten. Es tut ihm unendlich leid, und er lässt euch herzlich grüßen.«

Alle waren geschockt. Was jetzt? Was war nun mit dem weisen Spruch des alten Marabus »es gibt keine Probleme, nur Lösungen«?

Der Hafenmeister war ein freundlicher alter Aussie, wie die Australier genannt werden. »Käpt'n Hansen hat mich gebeten, euch zu helfen. Ich habe kein Schiff, das auch nur in die Nähe von Norwegen fährt. Aber heute noch läuft die ›Louisiana‹ nach New Orleans aus. Captain John Silver ist ein alter Freund von mir, er würde euch mitnehmen, wenn ihr wollt.«

Alle schauten den alten Marabu an. »Hm«, brummte er und dachte laut nach. »New Orleans, hm, Golf von Mexiko, Amerika; das ist immerhin näher am Nordpol als Australien. Hm, hm. Wann würde denn das nächste Schiff nach Norwegen gehen, Sir?«

»Kann ich nicht sagen. Aber die ›Louisiana‹ ist euch sicher, Master Marabu. Wer weiß, ob wir dann wieder ein Schiff finden, das bereit ist, euch mitzunehmen.«

»New Orleans, hm, hm«, der Marabu schaute in die Runde. »Wollen wir?«

»Jaaaa!« Ein einstimmiges lautes Ja von allen. Der Hafenmeister schob die Pfeife wieder in die Zahnlücke und knurrte: »Na, dann wollen wir mal. Let's go.«

TEIL ZWEI

New Orleans

Auf der Louisiana gab's erst mal ein lautes Hallo von den Matrosen. Sie konnten nicht glauben, welch ungewöhnliche Passagiere da an Bord kamen. Fips tanzte an Deck herum und spielte das einzige amerikanische Volkslied, das er kannte, »Von den blauen Bergen kommen wir«, und die Seeleute sangen im Chor »Yippie ya ya yippie yippie yeah«. Es war ein gelungenes Willkommen, und die Weltreisenden fühlten sich sofort wohl.

Eine lange Fahrt lag vor ihnen. Die Route führte über die Weiten des Pazifischen Ozeans, an malerischen Inseln vorbei, denen das Wasser buchstäblich bis zum Halse stand. Selbst der alte Marabu war geschockt vom Ausmaß der Gefahr, die für diese Paradiese bestand. In wenigen Jahren würden sie von den Fluten des ansteigenden Ozeans verschlungen sein. Ihr Untergang durch die Erderwärmung schien unaufhaltsam zu sein.

Besonders Noah war erschrocken. »In meiner Heimat am Nordpol schmilzt das Eis, wie ich höre. Und hier am anderen Ende der Welt verlieren die Menschen ihre Heimat.« Alle waren betroffen und traurig.

Nach vielen Wochen auf dem riesigen Pazifik führte die Fahrt durch den Panamakanal, durch den Golf von Mexiko, und dann lief die Louisiana endlich im Hafen von New Orleans ein. »The Big Easy«, wie die Stadt am Mississippi-Delta auch genannt wurde.

Die Verabschiedung von Captain John Silver und seiner Mannschaft verlief herzlich und ein bisschen wehmütig. Fips konnte inzwischen eine ganze Menge amerikanischer Songs und hatte vom Koch steppen gelernt, jetzt wollte er unbedingt ein paar richtige Steppschuhe haben. Es lief alles wunderbar. Captain John Silver hatte einen Freund angerufen, der ein Hotel im French Quarter hatte, direkt im Zentrum. Da konnten sie wohnen.

Der Marabu sagte: »So, Freunde, wir verlieren das Ziel nicht aus den Augen, und das Ziel heißt Nordpol. Aber nach all den

Strapazen sollten wir hier erst mal ein bisschen zur Ruhe kommen.« Er merkte langsam, dass er nicht mehr der Jüngste war. Die Zeit, seit sie Afrika verlassen hatten, all die Abenteuer, hatten ihn erschöpft.

Zum Hafen hatte Captain Silvers Freund tatsächlich einen großen Truck geschickt, auf dessen Ladefläche alle Platz fanden. Die Fahrt durch die Straßen von Big Easy war selbst für die Nawlanders, wie die Bewohner von New Orleans genannt werden – natürlich wusste auch das der alte Marabu und hielt mit seinem Wissen nicht hinterm Berg – selbst für die Nawlanders war der Anblick der bunten Truppe ein Ereignis. Sie dachten eher an Zirkus und riefen dem Fahrer zu: »Wo ist denn euer Zelt?« Jeremiah, der Fahrer, grinste und rief zurück: »Bourbon Street Grand Hotel.«

Dort wurden sie auf das herzlichste begrüßt. Captain John Silver hatte das Hotel informiert, welch exotische Gäste einchecken würden. Sie bekamen eine große Suite, in der sie bequem Platz fanden. Der müde Marabu steckte seinen Kopf unter den rechten Flügel und war sofort eingeschlafen.

Die Freunde aber untersuchten erst mal, in welch merkwürdiger Umgebung sie plötzlich gelandet waren. Sie waren ja noch nie in einem Hotel. Sie waren überhaupt noch nie in einem Menschenhaus gewesen. Sie kannten das Schiff und die Seeleute, aber das hier war eine fremde Welt. In der sie sich erst einmal zurechtfinden mussten.

Mondsüchtig, scheu wie sie nun einmal war, fremdelte ein bisschen zwischen all den merkwürdigen Gegenständen. Sie ging langsam in ein Zimmer und sah sich um. Der alte Marabu hätte ihr sagen können, dass sie gerade vor einer Badewanne stand. Aber der Marabu war im Tiefschlaf. Fips entdeckte einen Knopf, drückte ihn, und alle erschraken, als plötzlich ein Wasserstrahl rauschte. Ein Zimmermädchen erschien und erklärte, das sei eine Toilette. Zwei Hoteldiener schoben große Servierwagen herein, die der Küchenchef mit allerlei leckeren Dingen für seine hungrigen Hotelgäste beladen hatte. Und Noah dachte sich wieder einmal, so böse sind die Menschen doch gar nicht, wie Wotan ihm erzählt hatte.

Nachdem sich der Marabu dann ein bisschen erholt hatte, bettelten alle: »Master Marabu, Jeremiah möchte uns die Stadt zeigen, nur hier das French Quarter.« Sie hatten schon, bevor sie ins Hotel kamen, die Straßenmusiker gesehen. So zogen sie los zur berühmten Bourbon Street, und alles drehte sich um. Es wurde langsam ein Volksauflauf. Fips zeigte gerade seine Steppkünste und rockte ausgelassen auf seinem Akkordeon, als zwei Jungs zu ihnen kamen und anfingen, um den kleinen Affen herum eine Breakdance-Show hinzulegen.

Nur ein paar Meter weiter spielte ein afro-amerikanischer Musiker auf seinem Keyboard die B-Dur Sonate von Wolfgang Amadeus Mozart. Der Marabu löste sich von der Gruppe um Fips und hörte ihm eine Weile zu.

»Verzeihung, Sir. Mozart hat das Stück 1774 für vier Hände geschrieben«, sagte er bescheiden und fragte, ob er mitspielen dürfe. Der Musiker lebte schon so lange in dieser bunten Stadt, dass es ihn nicht allzu sehr verwunderte, mit einem struppigen Storch klassische Musik zu spielen. Es nötigte ihm allerdings höchsten Respekt ab, dass der komische Vogel seinen Part auswendig konnte. Fehlerlos. Die Touristen glaubten, eine Zirkusnummer zu sehen und warfen großzügig ihre Dollars in die Büchse, die neben dem Keyboard stand.

»Mein Name ist Washington«, stellte sich der Musiker mit typisch amerikanischer Höflichkeit vor und erwiderte die respektvolle Anrede seines gefiederten Partners, »Washington Hancock, Sir«.

Nun wurde der Marabu zum ersten Mal in seinem Leben verlegen. Er hatte nämlich keinen Namen. Er war einfach nur der weise alte Marabu. »Tja«, sagte er leise, »meine Schüler nennen mich Master. Master Marabu. Ist das in Ordnung für Euch?«

»Okay, Master Marabu, Sir«, lächelte Washington, »dann werd ich das übernehmen. Ich würde mich freuen, Euch heute Abend im Funky Pirate Blues Club begrüßen zu können. Ich spiele da mit meiner Zydeco-Band.«

Der Marabu verdrehte seinen Kopf: »Zydeco-Band, Sir? Was meint Ihr damit?« Inzwischen waren auch die anderen gekommen und hatten die Szene verfolgt. Seit wann stellte der alte Marabu Fragen? Endlich mal etwas, das ihr Lehrer nicht zu wissen schien.

Washington lächelte: »Zydeco heißt unsere Musik hier in New Orleans, Sir. Kommt ihr alle mit?« Er hatte schnell begriffen, dass diese Exoten zu dem mozartliebenden Vogel gehörten. Sein Auge fiel auf Fips. »Wenn du willst, kannst du mitspielen, mein Freund, unser Akkordeonspieler ist krank.« Er redete mit ihnen, als sei es das Selbstverständlichste auf der Welt, dass ein kleiner Affe mit einem Akkordeon, ein Eisbär, ein Elefant, ein Leopard und eine Giraffe, deren aller Chef ein struppiger Storch war, auf der Bourbon Street herumliefen.

Alle kamen mit in den Club. Washington probte mit Fips ein paar Lieder; der begriff wie immer schnell. Der Marabu wollte nicht nachstehen und lernte in Windeseile auch einen Song. Dann kam die Band zum Soundcheck, aber da sie alle coole Musiker waren, wunderten sie sich nur einen Augenblick, bevor sie loslegten. Mit Waschbrett, Geige, Mandoline, Bass, Klavier und Gitarre. Es wurde ein schöner Abend im »Funky Pirate Blues Club«. Fips und der Marabu fühlten sich sichtlich wohl auf der Bühne. Und mit dem »Louisiana Jump« ging der erste Tag in New Orleans zu Ende.

New Orleans, die Wiege des Jazz. Die ganze Stadt atmete Musik. Straßenmusiker überall. Clubs, aus deren Türen Rock ’n’ Roll, Blues, Jazz, Soul und Zydeco klang, drängten sich dicht nebeneinander. Gospelmusic lag in der Luft.

Der Marabu lernte von Washington, auf dem Piano zu rocken; es sah höchst absonderlich aus, wie der struppige Storch die Tasten bearbeitete. Er steckte die anderen an, und die Musiker von Washingtons Band hatten richtig Freude daran, die Weltreisenden zu unterrichten. Leo lernte, Schlagzeug zu spielen, für Mondsüchtig war der Kontrabass genau richtig, Fips wurde ein Meister auf dem Akkordeon und lernte außerdem, Bluesharp zu spielen, also Mundharmonika. Noah schrubbte die Gitarre und sang. Nur Moppel hatte ein angeborenes Instrument und brauchte nicht zu üben. Er hob einfach seinen Rüssel und trompetete laut wie immer – manchmal auch ein bisschen falsch.

Jeden Morgen schlug der alte Marabu das gläserne Buch auf und meditierte mit allen; sie bildeten einen Kreis, und Morats

Zauberkraft war zu spüren. Immer nach Sonnenuntergang wurde der kleine gelbe Nachtwolf sichtbar und schaute seinen Freunden zu. Eines Tages gab ihm Washington ein Waschbrett. Der kuschelige kleine Wolf brauchte noch nicht mal Fingerhüte, die sich menschliche Waschbrettmusiker aufsteckten, oder die zwei Löffel, um damit rhythmisch über die Rillen zu kratzen. Er scharrte mit seinen harten Krallen, das war laut genug. Er lernte von den besten Waschbrettspielern der Szene.

Die Bluesharper gaben Fips Tips auf der Mundharmonika, er lernte schnell die klassischen Licks und Tricks. Noah schaute den Gitarristen auf die Hände und übte wie der Teufel. Seine Bärentatzen schienen kein Hindernis zu sein, im Gegenteil, er fand seinen eigenen Stil, die Gitarre zum Klingen zu bringen.

Die Meditationsübungen aus dem gläsernen Buch, auch ihr eigener Ehrgeiz, gute Musiker zu werden, all das half, in einigen Wochen zu erreichen, wozu andere Jahre brauchten. Manchmal stellten sie sich einfach raus auf die Bourbon Street und probten vor Publikum. Das war dann immer eine Sensation. Bald waren sie Stadtgespräch, ihre Fangemeinde wuchs von Tag zu Tag. Die ersten Posts im Internet tauchten auf. Und nach ein paar Wochen arrangierte Washington ihren ersten Auftritt im »Funky Pirate Blues Club«.

»Kinder, wir haben unsern ersten Gig«, verkündete der Marabu, und das Wort »Gig« klang aus seinem Schnabel sehr komisch. Washington bemerkte amüsiert, wie der Alte versuchte, mitzuhalten und immer wieder coole Musikerbegriffe gebrauchte. Nicht immer die richtigen, was alle sehr sympathisch fanden.

Der erste Auftritt der Eisbärband

So, jetzt brauchten sie nur noch einen Namen für die Band. Alle setzten sich zusammen; die Gefährten und die Musiker von Washingtons Band, jeder hatte eine Idee. Der Marabu stand auf seinen langen Storchbeinen still in einer Ecke und hatte die Augen geschlossen. Alle blickten zu ihm hinüber. Wo war der Alte mit seinen Gedanken?

»Kinder«, sagte er endlich. »wo wären wir ohne unseren Freund, der im Maul eines Wals zu uns gekommen ist? Wir wären noch in Afrika, und ich würde auf einem abgerockten Piano im Urwald spielen.« Wieder so ein Wort, das ihm vor drei Wochen noch nicht über die Zunge gegangen wäre. Abgerockt. »Jetzt haben wir die halbe Welt gesehen, haben überall Freunde gewonnen, gemeinsam Gefahren überstanden, wurden aus den Wellen des Atlantiks gerettet, haben so viel erlebt und sind zusammengewachsen. Jetzt sogar zu einer Band.« Er schaute jedem Einzelnen in die Augen. »Ich sage, wir sollten uns ganz schlicht und passend nennen, nämlich ›Die Eisbärband‹.«

Fips stand ganz langsam auf und umarmte Noah, dem die Tränen in den Augen standen vor Rührung über die Rede seines Lehrers. Und dann kamen sie alle und nahmen ihn in den Arm. Auch Washington und seine Musiker freuten sich mit der Eisbärband. Hatten sie doch den Löwenanteil daran. Als Musiklehrer und Freunde.

Nun musste nur noch richtig Werbung gemacht werden für ihren ersten Auftritt. Paraden, bei denen Kapellen durch die Straßen zogen, hatten eine lange Tradition in New Orleans. Und so zog die »Eisbärband« durch das French Quarter und machte einen Höllenlärm. Leo hatte sich seine kleine Trommel umgehängt und drosch auf sie ein, damit sie auch jeder in New Orleans hören konnte. Mondsüchtig konnte ja schlecht ihren Kontrabass rumtragen, also hatte sie sich die Basstrommel umgehängt und donnerte mit ihren Hufen so laut drauf wie Leo auf seine kleine Snare-Drum. Auch die anderen spielten so laut es ging, und dazu schmetterte Noah aus voller Kehle. Moppel übertönte alle, und heute kam kein einziger falscher Ton aus seinem Rüssel. Das Piano des alten Marabus stand auf einem lustigen Handwagen, den ihr Freund Jeremiah zog. Überall blieben die Touristen und die Nawlanders stehen und staunten. Die Musiker von Washingtons Band trugen ein großes Plakat und verteilten Flyer, auf denen zu lesen war: »Dienstagabend 21 Uhr im Funky Pirate Blues Club – das erste Konzert der Eisbärband.«

Der Dienstagabend kam, und der Club war brechend voll. Niemand wollte sich das Ereignis entgehen lassen. Die Eisbärband hatte nur zehn Songs geprobt, eigentlich nicht genug für einen ganzen Abend, aber sie spielten jeden dieser Songs mit vollem Einsatz. Der alte Marabu war nicht wiederzuerkennen. Er schlug mit den Flügeln, rockte das Piano wie einst der verrückte Jerry Lee Lewis in den fünfziger Jahren, als der Rock 'n' Roll geboren wurde. Es sah urkomisch aus. Die Federn flogen, er spielte mit Flügeln, Füßen und mit seinem langen Schnabel.

Die Leute tobten vor Begeisterung, so was hatte die Welt noch nie gesehen. Das spornte alle anderen an. Nach Leos erstem Schlagzeugsolo gab's auch für ihn kein Halten mehr, die Show kannte keine Grenzen. Bei allen pumpte das Adrenalin. Fips riss vor lauter ungebremster Energie fast sein Akkordeon in Stücke, ab und zu griff er sich seine Bluesharp und begeisterte das Publikum mit den wundersamsten Tönen. Mondsüchtig legte ihren großen Kontrabass schräg und kletterte drauf, während sie das Instrument bearbeitete. Moppel tanzte auf den Hinterbeinen und trötete aus vollem Rüssel. Das Publikum stand dicht gedrängt bis an die Bühne.

Noah sang rau und kraftvoll, und dann brannten ihm alle Sicherungen durch. Er warf seine Gitarre ins Publikum und machte einen tollkühnen Stage-Diving-Sprung hinterher. Allerdings hatte er nicht damit gerechnet, dass die Leute ob der ungebremsten Rock-'n'-Roll-Energie des inzwischen recht schweren Bären zur Seite sprangen. Er knallte auf den harten Boden, schüttelte sich kurz und hechtete zurück auf die Bühne. Gerade noch rechtzeitig, um seine Gitarre aufzufangen, die ihm ein ebenso durchgeknallter Fan begeistert hinterherwarf.

Der erste Gig unserer Dschungelkinder wurde eines dieser historischen Ereignisse, von dem es später heißen würde: »Wo warst du, als die Eisbärband ihren ersten Auftritt hatte?« Und dreihundert Leute konnten sagen: »Ich war dabei.« Aber in derselben Nacht schon war die halbe Welt dabei. Es kursierten mindestens zwei Dutzend Videoclips im Netz, die Blogger tippten sich die Finger wund, die Clicks kletterten in rasendem Tempo. Washington wurde ganz schwindlig, als er die Zahlen verfolgte.

Aber mit dem, was dann kam, damit hatte keiner gerechnet. Es kamen Angebote von überall auf der Welt. Eine Tierband, die

Funky Pirate Blues Club

dazu noch richtig heiße Musik machte, das gab es noch nie. Jetzt galt es, einen kühlen Kopf zu behalten, um keine Fehler zu machen. Schnell oben, noch schneller wieder unten. Davor wollte und musste Washington als Manager seine Schützlinge bewahren. Er hatte klugerweise vorgesorgt und die ganze Show aufzeichnen lassen. Also würden CD, DVD, Blu-ray und was es sonst noch gab in ein paar Tagen fertig sein. Auch die Streamingdienste wurden bedient. Er schlug dem alten Marabu vor, erst mal eine Clubtour durch Nordamerika zu machen, damit sich die Neumusiker einspielen und mehr Songs schreiben und proben könnten.

So geschah es. Sechs Wochen im Tourbus, jeden Tag in einer anderen Stadt. Alle hielten durch, sogar der alte Marabu. Ausverkaufte Läden, die Internet-Fangemeinde wuchs mit atemberaubendem Tempo.

Die Eisbärband rockte Amerika.

Kalifornien

In Los Angeles spielten sie im »Whisky a go go«, dem legendären Rockclub, in dem vor langer Zeit »The Doors« und später »Guns N' Roses« ihre Weltkarrieren begonnen hatten. Draußen auf dem berühmten Sunset Strip standen noch Hunderte Fans, die nicht mehr reinkamen, der Laden war brechend voll. Auch die Los Angelenos wollten sich den ersten Gig der Eisbärband in der City of Angels nicht entgehen lassen.

Nach drei Zugaben, backstage in der abgeranzten Garderobe, ließ sich der ausgepumpte alte Marabu auf das Sofa fallen, auf dem offenbar schon vor Urzeiten Schock-Rocker Alice Cooper gelegen hatte, so abgewetzt wie es war. Er zählte seine Schwanzfedern. Yikes, bei seinem wilden Tanz auf den Tasten hatte er schon wieder eine eingebüßt. Er musste aufpassen; wie alle Vögel brauchte er ja die Schwanzfedern zum Steuern beim Fliegen. Auch die anderen waren platt aber total glücklich über ihren Erfolg.

»Wo spielen wir denn morgen?«, fragte Moppel und ließ sich in einen Sessel fallen, der sofort zusammenbrach unter der Last des heranwachsenden Elefanten.

»Nirgendwo«, Noah hatte den Tourplan im Kopf, »morgen können wir uns mal ausruhen.«

Der alte Marabu schüttelte seine Federn, »Machen wir, aber nicht hier in LA. Lasst uns rausfahren zum Joshua Tree Monument.«

»Wie, zu einem Monument, einem Denkmal?« grinste Fips.

»Nein, du naseweiser kleiner Affe, das Joshua Tree Monument ist ein Nationalpark, also ein Naturschutzgebiet hier in der Nähe, wo die seltenen Joshua Bäume wachsen. Das ist eins der schönsten Fleckchen auf Erden. Wüste, Stille, Einsamkeit. Das brauchen wir jetzt mal.«

»Und wie kommen wir dahin, Master Marabu?«

Der Alte lächelte listig: »Überraschung, ich muss heute Nacht noch ein bisschen daran arbeiten. Legt euch schlafen. Morgen früh sehen wir weiter.«

Als dann die anderen friedlich schlummerten, tippelte der alte Marabu leise auf die Terrasse ihrer Hotelsuite im zehnten Stock und blickte über die Millionen Lichter der riesigen kalifornischen Metropole. Es funkelte und blinkte, in der Ferne ragten die erleuchteten Hochhäuser von Downtown LA – dem Stadtzentrum – in den Nachthimmel. Der berüchtigte Smog wurde seit Tagen vom Santa Ana Wind, einem reinigenden Wind, der aus der Wüste kam, aufs Meer hinausgeblasen. Der Marabu genoss den wunderschönen Anblick.

Er vergewisserte sich, dass seine Schützlinge wirklich alle schliefen, dann holte er tief Luft und öffnete das kleine gläserne Buch. Er blätterte und blätterte, bis er fand, was er suchte. Er war elektrisiert, dennoch versuchte er, ganz ruhig zu bleiben und meditierte. Er loggte sich ein in Morats Energiewellen und versuchte, Kontakt mit ihm aufzunehmen.

Es dauerte auch nicht lange, bis er eine Bewegung hinter sich spürte. »Ich sehe, Ihr lernt.« Der Zauberer setzte sich neben ihn. »Ein schöner Anblick, die Lichter, die Stadt.« Beide schwiegen eine Weile. »Ich hab Euren Weg verfolgt, was kann ich für Euch tun, mein Freund?«

»Hier«, der Marabu zeigte auf die bewusste Seite des gläsernen Buches, deretwegen er den Zauberer gerufen hatte. »Ich kann es nicht deuten.«

Morat legte eine Hand auf den Rücken des Storchs. »Das ist schon eine höhere Kunst. Passt auf, Ihr habt damals im gläsernen Wald Euren kleinen Elefanten per Gedankenübertragung zu Euch geholt. Aber um selber von einem Ort zum anderen zu kommen, müsst Ihr ein wenig mehr wissen, um Euch in reine Energie verwandeln zu können und am Ziel wieder zurück in Eure Ursprungsgestalt.«

Selbst den weisen und erfahrenen Marabu kostete es eine große Konzentration, den Erläuterungen Morats zu folgen, der ihm die Formeln und Berechnungen des gläsernen Buches präzise erklärte. Er lernte, den Energiekanal zu schaffen, durch den man von einem Ort zum anderen fliegen und dann auch wieder zurückfinden kann. Allerdings, beim geringsten Fehler war man irgendwo im Nirwana verschwunden. Das Herz klopfte dem alten Storch bis zum Halse, aber er war derart fasziniert von der Aussicht, eine weite Reise in Sekundenschnelle machen zu können, dass er alle Bedenken über Bord warf.

»Habt Ihr alles verstanden, mein Freund?« fragte Morat. »Ein einziger Fehler, und auch ich kann Euch nicht wiederfinden.«

Der Marabu überlegte kurz und nahm allen Mut zusammen. Das Experiment auf dem Güterzug in Australien schoss ihm durch den Kopf, als er die Wirkung des Nieskrauts und dann der rotgepunkteten Blaubeeren im Selbstversuch erfolgreich überstanden hatte. »Lasst es mich jetzt probieren.«

»Gut, eine Testreise«, erwiderte Morat, »wohin?«

Der Marabu wollte nicht gleich alles aufs Spiel setzen. »Nur bis zum Dach jenes Hauses dort.« Er zeigte auf ein blaues Licht auf dem Dach eines markanten Hochhauses Downtown Los Angeles. Luftlinie etwa zehn Kilometer.

»Sehr klug. Wollt Ihr's schon ohne meine Hilfe probieren?«

»Ja.« Dem Marabu war voll bewusst, dass er mit seinem Leben spielte. Und wenn es schiefginge, würde er seine Gefährten nie wiedersehen. Aber sein ganzes Leben lang war er Risiken eingegangen. Ohne diesen Mut wäre er nie der weise Marabu geworden, der alle Sprachen sprach und der über ein Universalwissen verfügte. Er war nie ein Hasenfuß gewesen. Jetzt erst recht nicht.

Ganz ohne Morats Hilfe, der zur Seite getreten war, um Raum

für den Energiekanal zu schaffen, sprach der Marabu die Zauberformeln. Kurz bevor er im Kanal verschwand, bemerkte er ein Tier, das um seine Füße krabbelte. Er konnte nicht mehr stoppen und entschwand mit dem Fremdling aus Morats Blick.

Er landete tatsächlich auf dem Dach des Hochhauses mit der blauen Neonschrift. Neben ihm hatte sich sein Reisegefährte materialisiert. Eine niedliche Tarantel mit acht pelzigen Beinen, die den Alten etwas benommen ansah.

»Yikes, du kleines Ding, was mach ich denn jetzt mit dir?« Er begriff blitzschnell, dass der Energiekanal nicht nur ihn aufnehmen und befördern würde, sondern auch andere um ihn. Vielleicht eine ganze Band. Es wurde ja immer spannender.

»Also«, wandte er sich an die hübsche Spinne, »ich lass dich nicht hier, du kommst wieder mit zurück, wo du hergekommen bist.« Er wusste natürlich, dass es in Kalifornien Taranteln gab, und er wusste auch, dass sie ganz harmlose Geschöpfe waren, die nicht beißen, wenn man sie in Ruhe ließ. Er schuf den Energiekanal zurück zur Hotelterrasse und landete wieder an Morats Seite.

»Bravo«, lobte der Herr des gläsernen Waldes, »das hätte ich nicht besser machen können, mein Lieber. Ich hab gesehen, wie sich die Kleine hier als blinder Passagier eingeschlichen hat. Welcome back, ihr beide.« Morat nahm die Tarantel behutsam in die Hand und schaute sie an. Dann wandte er sich an seinen Zauberlehrling. »Hütet das Geheimnis und lasst vor allem keinen Menschen davon wissen. Die einen würden Euch für verrückt erklären, und die anderen würden versuchen, ein Geschäft daraus zu machen. Im Mittelalter hätten sie Euch sogar auf dem Scheiterhaufen verbrannt für Euer Wissen und Eure Fähigkeiten.«

In dem Moment wurde die Terrassentür zur Seite geschoben. Mondsüchtig tapste heraus. Sie zog ihren nächtlichen Aufpasser hinter sich her. Der kleine gelbe Nachtwolf hatte ihren Schwanz im Maul und versuchte, die schlafwandelnde kleine Giraffe festzuhalten. »Du bleibst hier«, presste er durch die Zähne, ohne loszulassen. Es sah grotesk und sehr komisch aus. Sein Blick fiel auf einen weißhaarigen Mann, der eine Tarantel in der Hand hielt, ihn anschaute und sagte: »Wir kennen uns noch nicht, ich heiße Morat. Willkommen auf unsrer Party.«

Lilly

Am nächsten Morgen war Morat wieder in seinem gläsernen Wald im fernen Australien. Der alte Marabu war sich nach dem Erlebnis der letzten Nacht nicht mehr sicher, ob sich der Wald tatsächlich und real in Australien befand oder vielleicht in einer Parallelwelt, in die sie gestolpert waren und zu der Menschen keinen Zugang hatten.

Die kleine Tarantel jedenfalls war noch da, sie schlief unter seinem linken Flügel. Auch Vögel haben das Herz links, und der Marabu hatte ein besonders großes Herz. Als er sich streckte und die Schwingen ausbreitete, klammerte sich die kuschelige Spinne an ihn.

»Yikes Master, wen haben wir denn da?« Fips kam näher und streichelte mit seinem Zeigefinger behutsam den pelzigen Rücken des Tierchens. Die Tarantel schaute ihn an und rührte sich nicht. »Hübsche Augen hast du, wer bist du denn?«

Auch die anderen kamen näher. Der Marabu, ganz der weise alte Lehrer, sagte: »Das ist eine Tarantel, sie hat sich offenbar verirrt, sie gehört in die Wüste, und dahin nehmen wir sie jetzt mit.«

Mondsüchtig, schüchtern wie immer, außer wenn sie auf der Bühne ihren Bass behämmerte, kam näher: »Beißt sie?«

»Nein«, beruhigte sie der Alte, »nur wenn sie bedroht wird. Die Menschen haben Angst vor ihr, weil sie eine Spinne ist. Diese Angst nennt man Arachnophobie. Das ist Griechisch.« Er war wieder mal mittendrin in seinem Lehrermodus. »Wir Tiere kennen diese Angst nicht, und das ist auch gut so. Menschen töten Spinnen, obwohl die meisten gar nicht giftig und völlig harmlos sind. Aber Menschen sind unbelehrbar und töten viele Tiere, weil sie glauben, die Welt gehöre nur ihnen. So, und nun rückt eng zusammen.«

Alle schmiegten sich aneinander. »Was machen wir jetzt?«

»Geduld«, sagte der Marabu leise, »ich muss mich konzentrieren.« Er schlug das gläserne Buch auf und murmelte vor sich hin.

»Ein Mantra«, flüsterte Leo.

»Psst«, Moppel gab ihm einen Klaps mit dem Rüssel.

»Aua, du Klotz«, protestierte Leo.

Fips hielt ihm den Mund zu. »Ruhe jetzt.«

Der Marabu hieß sie, noch dichter aneinander zu rücken. »Kinder, es geht los, macht die Augen zu.« Der Energiekanal war fertig, alle verspürten plötzlich ein Kribbeln, und dann hörten sie den Marabu sagen. »So, Augen wieder auf.«

»Wow«, Fips war der Erste, der die Sprache wiederfand. Um sie herum war eine unwirkliche Landschaft. Rote Felsen, Sand, blauer Himmel, es war angenehm warm, und überall standen merkwürdige Bäume, die aussahen wie große Kakteen.

»Willkommen im Joshua Tree Monument«, sagte der alte Marabu. Er war erleichtert und stolz darauf, dass er alle sicher durch den Energiekanal gebracht hatte.

Leo ließ sich fallen. »Hier bleib ich.« Auch die anderen rollten sich fröhlich im Sand herum.

»Erinnert mich ein bisschen an Australien«, grunzte Moppel gemütlich.

Der Marabu setzte die Tarantel auf den Wüstenboden. »So, meine Kleine, hier ist deine Welt, nun troll dich.«

Aber die Kleine tat nichts dergleichen. Sie schaute dem großen Vogel in die Augen und sagte leise: »Kann ich nicht bei euch bleiben?«

»Hey, sie spricht!« Leo beugte sich zu ihr hinab. »Du möchtest bei uns bleiben?« Er hatte wie immer tagsüber den Schwanz des kleinen gelben Nachtwolfs um den Hals.

Die Tarantel kletterte daran hoch und sagte: »Ja, bitte.«

Alle schauten ihren Master an. »Wenn sie das möchte, dann soll sie bei uns bleiben«, entschied er. Jetzt wollten alle sie mal in der Hand halten.

»Nicht so stürmisch«, warnte der alte Marabu, »tut ihr nicht weh.«

»Wie heißt du denn?« wollte Noah wissen.

Fips, vorlaut wie immer, behauptete: »Spinnen haben doch keinen Namen.«

»Ich finde, sie sieht aus wie Lilly«, hauchte Mondsüchtig, »möchtest du Lilly heißen?« Es sah aus, als würde die Tarantel lächeln, als sie leise ja sagte.

Fips nahm ein paar Wüstensandkörner und streute sie behutsam auf ihren Körper. »Ich taufe dich auf den Namen ›Lilly‹. Willkommen bei der Eisbärband.« Er drehte sich um zu Moppel: »Und du passt jetzt immer schön auf, wo du hintrittst mit deinen großen Füßen.«

Sie verbrachten einen entspannten Tag in der Stille dieser magischen Wüste, die allerdings so still nicht mehr war, wollten doch alle mit Lilly spielen und herumtoben.

»Soll sie nicht auch ein Instrument spielen? Irgendwas Winziges?«

»Habt Geduld mit ihr«, bat der Marabu. »Gebt ihr Zeit, sich an unser Rock-’n’-Roll-Leben zu gewöhnen.«

Chaos in der Karibik

Inmitten ihrer Nordamerika-Tour kam plötzlich die persönliche Einladung des Ministerpräsidenten von Saint Aroa, einem kleinen Inselstaat in der Karibik. Die Königin und der König von Patagonga im Südpazifik kamen zum großen Staatsbesuch. Die Kinder des Ministerpräsidenten hatten ihren Papa bestürmt, die Eisbärband zu engagieren.

Es hatte ihn eine große Überredung und ein paar kleine Gefälligkeiten gekostet, seine Minister zu überzeugen, dass ausgerechnet eine tierische Rockband der geeignete kulturelle Beitrag für ein solches Fest zu Ehren der königlichen Gäste sei.

Das Stadion war mit Fahnen geschmückt, die Bühne aufgebaut, als die Eisbärband zum Soundcheck erschien. Kokospalmen wedelten im warmen Passatwind, die Kinder der Insel sangen ein Begrüßungslied für ihre Lieblinge, es war ein wunderschöner Tag.

Am Abend war das Stadion bis zum letzten Platz gefüllt. Das wohlbeleibte Königspaar saß in seinen extrabreiten Sesseln, als das Insel-Orchester Mozarts »Kleine Nachtmusik« spielte.

Große Verwunderung backstage bei den Freunden. »Stand das auf Eurer Wunschliste, Master Marabu?« grinste Fips.

»Sieht wohl so aus«, brummte der Alte. »Kommt her, danach sind wir dran.« Wie viele andere Bands hatten auch sie vor jedem

Auftritt ein kleines Ritual. Sie bildeten einen Kreis, legten einander die Arme um die Schultern, und wer wollte, sagte ein paar Worte. Damit stimmten sie sich ein, gemeinsam auf der Bühne ihr Bestes zu geben.

Lilly hopste auf Moppels Schwanz, kletterte blitzschnell daran hoch und setzte sich auf seinen dicken Kopf. »Kann ich heute mitspielen?« bat sie.

»Was willst du denn spielen?«

»Ich könnte doch mit dem kleinen gelben Nachtwolf Waschbrett spielen, wenn ich darf?« Alle waren begeistert, und somit wurde Lilly offiziell in die Band aufgenommen.

»Meine Damen und Herren, verehrte Hoheiten«, die jüngste Tochter des Ministerpräsidenten hatte die Ehre, die Band anzukündigen. »Ich habe die große Freunde, Entschuldigung«, sie versprach sich in der Aufregung, »ich habe die große Freude, eine wunderbare Band auf die Bühne zu bitten und bitte Sie um einen großen Applaus für DIE EISBÄRBAND!«

Die Band stürmte auf die Bühne, dreitausend buntgekleidete Menschen klatschten begeistert, nur die Ehrengäste aus der Südsee machten kreisrunde Augen. Sie waren offenbar nicht so im Internet unterwegs, denn sie hatten keine Ahnung, wer und was sie erwartete. Der Ministerpräsident schielte zu seinen Staatsgästen hinüber und hoffte, es würde eine positive Überraschung werden.

Die Band rockte los, das Publikum war begeistert, es war wie immer. Fast wie immer. Nach drei schnellen Songs kam eine leise Ballade. Es war offensichtlich, dass die Königin von Patagonga das Interesse an der Performance vor ihren Augen verloren hatte. Der Marabu sah, wie sie sich mit ihrem Mann unterhielt. Das ging so weiter, die Königin redete, der König redete. Da platzte dem Alten der Kragen. Er hörte einfach auf zu spielen, wedelte mit den Schwingen, bis die anderen auch aufhörten. Nur Moppel schien nichts zu merken. Er trötete weiter, bis ihm Leo einen Trommelstock an den Rüssel warf. »Stop Dicker, hör auf!«

Dann beugte sich der Marabu zum Mikrofon und sagte cool und in feinstem Englisch: »Your Majesties, wir sind zwar nur einfache Musiker, aber wir geben unser Bestes, Euch und alle hier im Stadion zu unterhalten. Es wäre außerordentlich freundlich, wenn Ihr uns ein wenig Respekt erweisen und zuhören würdet. Thank you very much for your understanding.«

Zustimmung vom Publikum. »Er hat recht. Stimmt!!!« Der König hingegen warf dem Alten lautstark ein paar saftige Schimpfwörter aus seinem Repertoire an den Kopf. Der Ministerpräsident sprang von seinem Sitz auf, um Frieden zu stiften. Die Königin, »not amused«, trat dem Regierungschef derart heftig in den Hintern, dass ihr High Heel, der Absatz ihres Schuhs, darin steckenblieb. Was das Publikum mit einem lautem Gelächter quittierte. Vor Schreck und Schmerz entwich dem Ministerpräsidenten ein derart heftiger Kracher, dass der Schuh der Königin an den Kopf donnerte und sie ohnmächtig vom Sessel fiel.

Nun brach erst recht ein Tohuwabohu aus. Die Begleiter der königlichen Gäste prügelten sich mit den Fans der Eisbärband, woraufhin das Insel-Orchester eilig wieder die Bühne erklomm und so laut wie möglich »God save the King« intonierte. Das aber war die britische Nationalhymne, der Dirigent hatte in der Aufregung die Hymnen verwechselt.

Unter all dem Chaos klatschten die Fans rhythmisch und skandierten: »Eis – bär – band, klatsch, klatsch, weiterspielen, weiterspielen! Eis – bär – band, klatsch, klatsch, weiterspielen, weiterspielen!«

Und sie spielte weiter. Aber mit Verstärkung durch die Orchestermusiker, die mit ihren Geigen, Bratschen und Klarinetten die Songs spontan begleiteten. Das Publikum war begeistert. Die königlichen Hoheiten bewiesen Humor, nach etlichen Zugaben ließen sie sich sogar mit den Musikern fotografieren. Fips gab der Königin einen galanten Handkuss, und auf der großen Party danach versöhnte sich der König von Patagonga mit dem alten Marabu und tanzte mit ihm um die Tische.

Etwas Großes geschieht

Die Tour ging weiter. Aus den Clubs wurden Hallen, die Einnahmen aus den CDs, DVDs Blu-rays und der Streamingdienste brachten Geldsegen. Und was machen Tiere mit all dem Reichtum? Sie brauchen keine schicken Klamotten, sie gehen eh im eigenen Fell und Federkleid auf die Bühne, außer vielleicht mal mit einem verrückten Hut. Sie brauchen keine Villen, keine Autos und schon gar keine Drogen. Ihr Bankkonto wuchs und wuchs, Washington machte einen guten Job als ihr Manager und hatte alles im Griff, während sie on the road waren.

Als sie nach New Orleans zurückkamen, spielten sie eine ganze Woche lang im rappelvollen »Funk Pirate Blues Club«. Eines Abends bat sie eine zierliche afro-amerikanische Frau um ein Foto mit ihren Autogrammen.

»Für wen bitte, Ma'am?« fragte Leo respektvoll,

»Für Aretha, bitte.«

»Das sind Sie, Ma'am.«

»No, Sir, Aretha ist meine Tochter, sie mag eure Musik so gern, aber sie ist zu krank, um zu einem Konzert kommen zu können.«

»Das tut uns leid«, sagte der kleine gelbe Nachtwolf, »in welchem Krankenhaus liegt sie denn, vielleicht können wir sie besuchen?«

»In keinem Krankenhaus, ich hab kein Geld dafür.« Also zogen sie alle los, um die kleine Aretha zu Hause zu besuchen. Sie erfuhren, dass sie an einer seltenen Krankheit litt und ohne eine teure Behandlung nicht mehr lange leben würde. Am nächsten Morgen war sie in einer Spezialklinik, unsere Dschungelkinder wussten endlich, wofür sie ihre verdienten Dollars verwenden sollten. Um kranken Kindern zu helfen, deren Eltern arm waren und keine Krankenversicherung hatten.

Drei Tage später kam ein alles verändernder Anruf. Washingtons Handy klingelte. Eine rauchige Stimme sagte: »Hi, this is Ken Kobra from the Greatful Hippies. I saw your stuff on the internet. You guys wanna go on tour with us?«

Washington schluckte. Seine Gedanken rasten. Ken Kobra, der König der Gitarrenriffs, der Riffmeister fragte, ob sie mit der größten Rock-'n'-Roll-Band aller Zeiten auf Tournee gehen wollten?

»Hey, you still there?« fragte die kratzige Stimme.

Natürlich war es ein YES, das nach einer langen Schrecksekunde aus Washingtons Kehle kam. »Was heißt ›Tour‹, Mr. Kobra?«

»Welttournee, my friend, ein Jahr.«

Es war mehr als ein Lottogewinn. Washington und der alte Marabu flogen nach New York, die Details wurden besprochen, Tourplan, Proben, alles. Und es war eine Menge Geld, das aufs Konto der Eisbärband fließen würde. Von der Ehre und dem Gewinn an Popularität weltweit mal ganz abgesehen.

Zurück in New Orleans, versammelte der alte Marabu die anderen um sich. »Kinder, wir müssen eine nicht leichte Entscheidung treffen. Eigentlich war ja das Ziel, als wir damals in Afrika aufgebrochen sind«, er sah Noah in die Augen, »zum Nordpol zu fahren, um die Mama unseres Freundes hier zu finden. Wir sind durch unsere Musik ein bisschen davon abgekommen. Und nun haben wir, wie ihr alle wisst, das Angebot, mit den »Greatful Hippies« auf Tour zu gehen. Es wird eine lange Welttournee, wir werden ein Jahr unterwegs sein. Wir werden allerdings auch eine Menge Geld verdienen, um unser erstes Krankenhaus bauen zu können.« Alle schauten Noah an. Würde er zustimmen oder würde er sagen: »Lasst uns meine Mama finden«?

Der Bär schluckte. Von seiner Entscheidung hing jetzt alles ab. »Ich hab mich an das neue Leben gewöhnt«, sagte er leise, »es gefällt mir, und wenn wir noch mehr Erfolg haben, können wir vielleicht sogar mehr als nur ein Krankenhaus bauen. Aber wir sollten auch unsere kranken Kumpels nicht vergessen und eine Tierklinik an das Kinderkrankenhaus anschließen.«

»Was heißt das jetzt?« fragte Leo behutsam.

»Das heißt, ich möchte mit euch und diesen Hippies auf die Welttournee gehen, und danach können wir immer noch zum Nordpol.«

Er sprach es nicht so direkt aus, aber wie die anderen hatte auch Noah Gefallen am Leben eines Rockstars gewonnen. Er liebte die

Musik, die die Band spielte, die Songs, die sie gemeinsam schrieben, er genoss die Liebe, die ihnen ihr Publikum entgegenbrachte, und den Respekt. Sie waren die einzige Tierband der Welt, dank der Zauberkraft von Morats gläsernem Buch, dank der Weisheit und, ja, auch der Coolness ihres Lehrmeisters, des alten Marabus. Er hatte Freunde gefunden. Er gestand sich ein, dass er, außer manchmal seine Mama, vor allem Wotan vermisste, der ihm das Leben gerettet hatte und ohne den er sowieso nicht hier wäre.

Er sagte seinen Freunden, er wolle eine Weile allein sein und tapste ans Meer. Dort lief er am Strand entlang und legte sich in den Sand. Hinter ihm im Westen ging die Sonne unter. Wo war Wotan? fragte er sich, als er auf einmal eine Bewegung spürte. Jemand setzte sich neben ihn. Hyazinthe, das junge Mädchen aus Morats gläsernem Wald.

»Kennst du mich noch?« fragte sie.

»Oh, ja. Aber wie kommst du plötzlich hierher?«

»Ich war die ganze Zeit bei euch, ihr habt mich nur nie bemerkt.«

»Wie soll ich das verstehen?«

»Ich bin euer Schutzengel. Ich hab gespürt, dass du deinen Freund Wotan wiedersehen willst.«

Der Bär musste das erst einmal begreifen und verdauen.

»Wotan und die anderen Wale sind weit weg von hier im Nordatlantik, aber wenn du willst, kann ich ihnen einen Gruß von dir überbringen.«

Und so kam es, dass Noah nach all der langen Zeit wieder Kontakt mit seinem alten Freund Wotan hatte. Und er freute sich, dass Wotan und die anderen Wale am Leben waren. Und die Wale freuten sich, von ihrem kleinen Reisegefährten zu hören, und stimmten einen wunderschönen Walgesang an, den Noah natürlich nicht hören konnte, war er doch so weit weg von ihnen.

Er tapste zurück zu seinen Freunden. Dann stöpselte er seine Gitarre in den Verstärker, drehte ihn voll auf und machte einen solchen Freudenlärm, dass selbst die Wale ihn noch hören konnten. Viertausend Seemeilen entfernt. Unter Wasser.

Die Eisbärband trifft die Greatful Hippies

Der erste Gig, das erste Konzert als Supporting Act, als Vorgruppe der Hippies, würde ausgerechnet im riesigen Fußballstadion »Soccer City« in Johannesburg stattfinden. In Südafrika. Drei Wochen vorher begannen die Proben. Irgendwo an einem geheimen Ort. Damit die Musiker ungestört arbeiten konnten.

Der Tag kam, an dem die Eisbärband die Greatful Hippies traf. Musiker, die seit einem halben Jahrhundert zusammenspielten, Musiker, die jeder kannte. Die Band war ein Teil des Lebens an sich auf dem Blauen Planeten. Es gab Essen und Trinken, es gab Möbel und Autos, und es gab die Greatful Hippies. Die Gefährten hatten, bevor sie nach New Orleans gekommen waren vor nunmehr einem halben Jahr keine Ahnung, was auf der Welt passierte. Sie waren kleine Tiere, die ihr schlichtes Leben lebten, bis der kleine Eisbär im Maul eines Wals nach Afrika kam. Na gut, ungewöhnlich war es schon, dass sie in eine Tierkinderschule gingen und ein universell gebildeter alter Vogel ihnen von Wolfgang Amadeus Mozart erzählte und sie von ihm Dinge lernten, die eigentlich kein Tier brauchte. Dann waren sie aufgebrochen zu einer Weltreise, trafen im gläsernen Wald den Zauberer Morat, und von da an wurde alles anders. Nun waren sie gefeierte Internetkünstler und trafen die Urväter aller Rockstars; Großväter, die immer noch jede Jungband in den Schatten stellen konnten.

Da aber die Schützlinge des weisen alten Marabus nicht wussten, was die Menschen wussten, gingen sie dem ersten Zusammentreffen mit den Rocklegenden ganz unbefangen entgegen.

Und da standen sie. Ein bunter Haufen, wie er abenteuerlicher nicht aussehen konnte. Als Erster kam ein grauer Wuschelkopf mit einem breiten Stirnband auf sie zu. Er lächelte durch unzählige Falten hindurch und sagte: »Hi, ich bin Ken, freut mich sehr, dass ihr dabei seid.«

Noah streckte ihm seine Tatzen entgegen und schüttelte die Hand mit dem berühmten Adlerkopfring. »Hello, ich bin Noah, und ich spiele auch Gitarre.«

Es war eine ungewöhnliche Szene. Carmine Appice, einer der besten Drummer der Welt – mit seinen rabenschwarzen Locken und dem wilden Schnurrbart sah er aus wie ein Pirat –, ging zu Leo und sagte: »Ich bin Carmine, ich weiß, dass du der Drummer bist. Nice to meet you, Leo.«

Mondsüchtig schaute schüchtern auf den Boden, als ein native American mit langen Zöpfen auf sie zukam und zu ihr hochschaute. »Du bist wahrscheinlich das kleine Mädchen, das Bass spielt. Ich bin auch Bassist, ich heiße Eagle Sky.« Der Apache legte den Arm um ihren Hals. »Freut mich, dass ihr mit uns auf Tour geht.«

Und dann ging Fips fröhlich auf einen drahtigen Mann mit einem grauen Pferdeschwanz zu und rief: »Hi Mr. Fisher, ich bin der Fips. Du spielst doch Gitarre.«

»Call me George!« Er schüttelte lachend die Hand des kleinen Affen. Auf seinen Schneidezähnen blitzten zwei funkelnde Diamanten.

Inzwischen war Moppel zu einem durchtrainierten Mann getapst, hielt ihm seinen Rüssel hin und sagte: »Ich spiele Trompete, ich bin der Moppel, bist du Kim Kobra?«

Der Frontmann der Hippies hatte Ringe an allen zehn Fingern und in beiden Ohren und ein Gesicht, das dem besten Holzschnitzer von Oberammergau zur Ehre gereicht hätte. Eine ähnliche Faltenlandschaft wie sein Bruder Ken. Mit einem kleinen Lächeln, das einen jungenhaften Charme verriet, nahm Kim den dargereichten Rüssel. Diese Frage hatte er mit Sicherheit seit Jahrzehnten nicht mehr gehört. Seinen Namen und sein Gesicht kannte jeder zwischen Nord- und Südpol. »Richtig geraten. Vorsicht Big Boy.« Moppel hatte gerade mit seinem dicken Hintern zwei Gitarren umgeworfen.

Lilly kletterte wie so oft am Federkleid des alten Marabus hoch und flüsterte ihm ins Ohr. »Sind die bunten Männer da die älteste Rockband der Welt?«

»Keineswegs, meine kleine Lilly.« Er lächelte und sagte laut, dass es alle hören konnten. »Die älteste Rockband der Welt sind die ›Bremer Stadtmusikanten‹.« Und er erzählte den staunenden Freunden die Geschichte vom Hahn, vom Hund, vom Esel und der Katze, die einst die Räuber aus dem Hause getrieben hatten und deren Denkmal seit vielen Jahren den Platz beim Rathaus der alten Hansestadt ziert.

»Eine schöne Story, Master Marabu«, lachte Ken und kraulte den Kopf des struppigen Storchs, um ihn zu begrüßen. Sie kannten sich ja schon von den Meetings in New York vor ein paar Wochen.

»Ein neues Bandmitglied?« Er hielt seine linke Hand vor Lilly und schob die kleine Tarantel behutsam in seine rechte. »Wer bist du denn?«

»Das ist Lilly. Sie ist ziemlich neu im Rock-'n'-Roll-Zirkus. Sie schrabbelt mit dem kleinen gelben Nachtwolf am Waschbrett. Aber den könnt Ihr erst nach Sonnenuntergang kennenlernen, Sir«, sagte der Marabu.

Lilly sah Ken mit ihren dunklen Samtaugen an. Er hob sie vorsichtig hoch und setzte sie in den grauen Heuhaufen, den er auf dem Kopf trug. Dann zückte er sein Handy. »Ich mach mal ein Selfie, Sweetie und mail's meinen Enkeln.« Das war der Beginn einer großen Freundschaft, wie wir noch sehen werden.

Es stellte sich heraus, dass ausgerechnet die Internetclips vom Chaos im Fußballstadion auf Saint Aroa Ken Kobra bewogen hatten, die anderen Hippies zu überzeugen, dass die Eisbärband genau die richtige Truppe war, mit ihnen auf Tournee zu gehen. Der alte Rebell hatte sofort gespürt, dass der Marabu und die Seinen zum Image der Greatful Hippies passten.

Und nun waren alle ready to rock 'n' roll. Es konnte losgehen.

Rockin' Johannesburg

Als die Eisbärband zum Soundcheck in die riesige Arena des Fußballstadions in Johannesburg kam, kriegten alle weiche Knie. Vor vier Wochen hatten sie noch in kleinen Clubs wie dem »Whisky a go go« in Los Angeles gespielt. Heute würden sie 95.000 Menschen in die Augen sehen müssen. Das Stadion war ausverkauft, die Hippies hatten wieder mal durchblicken lassen, es sei ihre letzte Tour, somit die letzte Chance, sie live zu erleben.

Drei Stunden später. Es brodelte in der Arena. Die Energie war backstage in den Garderoben zu spüren und vor allem zu hören.

»Mir ist schlecht«, sagte die zartbesaitete kleine Giraffe. Der kleine gelbe Nachtwolf war gerade zum Vorschein gekommen und zupfte zärtlich an ihrer Schwanzquaste.

»Augen zu und durch«, Noah versuchte, sein Lampenfieber wegzuwünschen. Alle waren aufgeregt. Zum ersten Mal zeigte sogar der alte Marabu Nervosität. Er zuppelte mit seinem Schnabel an seinem Federkleid herum, und Fips musste schon zum dritten Mal auf's Klo. Leo jonglierte mit seinen Trommelstöcken. Eine Fähigkeit, die ihm Carmine Appice beigebracht hatte. Nur Moppel schien die Ruhe selbst zu sein, er lag auf einem riesigen Sofa, das extra für ihn angefertigt worden war, und schnarchte leise. Auf seinem rechten Ohr saß Lilly und flocht zu ihrer Beruhigung ein paar seiner Borsten zu einem Zöpfchen.

Angel, die hübsche afro-amerikanische Stagemanagerin, die für den Ablauf hinter der Bühne verantwortlich war, kam in die Garderobe. »Countdown, Babys, in zehn Minuten hol ich euch und bring euch zur Bühne.« Sie umarmte alle und machte ihnen Mut. »Ich weiß genau, wie ihr euch fühlt. Aber ich hab euch bei den Proben erlebt, ihr seid top. Wo ist denn Fips?«

Der sonst immer so supercoole Fips kam von seinem vierten Klobesuch zurück, Angel umarmte auch ihn noch und verschwand wieder. Dann versammelten sie sich zu ihrem Ritual. Heute war es besonders intensiv. Jeder spürte, wie das Herz der anderen wummerte.

»Alright Kiddos, raus mit euch«, Angel holte sie ab und ging voraus. »Pass auf, Moppel, die Stufen sind ein bisschen zu kurz für deine Füßchen. Good luck, toi, toi, toi.«

Die Stimme des Ansagers dröhnte wie Donner und betonte jedes einzelne Wort. »Ladies and Gentlemen, please, say hello to the newcomers in the world of Rock 'n' Roll: THE ONE AND ONLY E I S B Ä R B A N D.«

Und dann standen sie draußen im Hexenkessel und schauten auf eine schier unfassbare Menge. 95.000! Dank des Internets schien jeder zu wissen, wer sie waren, die Begrüßung war herzlich, laut und lange.

Noah ging ans Mikrofon und sagte überwältigt: »Wow, danke für den Wahnsinnsempfang zu Hause in Afrika.« Ein herzliches

Gelächter in der Arena; aus dem Munde eines Eisbären klang »zu Hause in Afrika« wie ein guter Spaß.

Und Moppel, als echter Afrikaner, trötete so laut, dass die Lautsprecherboxen zitterten. Es war seine Art, Hello zu sagen, und aus Tausenden Kehlen kam es zurück. Dann klickte Leo seine Trommelstöcke zusammen und zählte ein: »ONE – TWO – ONE – TWO – THREE – FOUR, und dann rockten sie los. Es war wie bei ihrem ersten Gig im Funky Pirate Blues Club in New Orleans. Sie legten sich derart ins Zeug, dass es Noah nach dem zweiten Song schon ein bisschen schwindlig wurde vom Sauerstoff-Überdruck im Kopf. Ken stand an der Seite der Bühne und freute sich. Es war genauso, wie er's erhofft hatte. Normalerweise interessierte sich kaum eine Headliner Band, also die Starband, für ihren Supporting Act, aber diesmal war's anders. Ein Hippie nach dem anderen kam aus seiner Garderobe, um zu sehen, was ihre Waffenbrüder da abzogen. Selbst Kim, der bis zuletzt noch ein bisschen skeptisch gewesen war, hob den Daumen hoch zu seinem Bruder.

Als sie nach einer Stunde und zwei Zugaben von der Bühne gingen, hatte die Eisbärband ihre Feuertaufe bestanden. Ken umarmte sie alle und sprach einen kleinen Rat aus. »Geht ein bisschen sparsamer mit euren Kräften um, ihr müsst nicht bei jedem Song rumtoben, als ging's um euer Leben.«

Dann war die Bühne fertig für die Hippies. »Komm mit raus, Lilly.« Ken setzte sich seine hübsche kleine Freundin auf den Kopf. Runterfallen konnte sie nicht, das Nest war dicht genug, außerdem war ja fürs Rumtoben Kim Kobra zuständig. Niemand hatte einen besseren Platz als Lilly. Sie sah alles aus nächster Nähe, sah, wie Kim, der schon Urgroßvater war, über die Bühne fetzte wie ein Zwanzigjähriger. »Rock 'n' Roll ist harte Arbeit«, dachte sie, hält aber offenbar jung.

Ihre Gedanken schweiften ab. »Wenn ich im Joshua Tree Monument geblieben wäre, ich hätte heute ein geruhsames Tarantel-Leben. Jetzt bin ich mit einem aufregenden Zirkus mit Menschen und Tieren unterwegs durch die Welt. Ach was, ich bin jung, in der Wüste kann ich immer noch rumkrabbeln, wenn ich alt und grau bin.« Sie musste kichern, denn sie saß ja gerade in einem alten, grauen Heuhaufen, der nach Zigarettenrauch duftete, wovon sie ein bisschen schläfrig wurde.

»Down Home Love« sang Kim mit aller Kraft seiner junggebliebenen Bluesröhre. 100 Dezibel donnerten durch »Soccer City«, 95.000 Fans sangen mit, und was machte Lilly? Lilly schlief selig ein und träumte von ihrem Instrument. Einem Waschbrett.

Wotan fliegt nach Kapstadt

Das nächste Konzert in Südafrika sollte ursprünglich im »Soccer Stadium« von Kapstadt stattfinden. Aber der Bürgermeister hatte in Deutschland studiert, und er war damals mittendrin gewesen, als tausende Fans nach dem berüchtigten Konzert der Rollling Stones die Berliner Waldbühne kurz und klein gehauen hatten. Nun befürchtete er ein ähnliches Chaos mit den Greatful Hippies. Er hatte Angst um seine schöne neue Sportstätte, also wurde die Bühne am Strand des Atlantischen Ozeans aufgebaut, wo man bestenfalls ein paar Sandburgen würde zerstören können.

Als Noah hörte, wo sie spielen würden, schmiedete er in seinem Herzen einen kühnen Plan. Er zog sich zurück und meditierte. Er versuchte, Kontakt mit Hyazinthe herzustellen, indem er ganz fest an sie dachte. Diesmal wollte er nicht nur Grüße ausrichten lassen. Diesmal wollte er mehr.

Und tatsächlich, es glückte. Es rauschte leise, und Hyazinthe erschien. »Ich weiß, was du möchtest, Noah.«

»Ja, ich möchte Wotan hier haben. Ich möchte, dass er mich auf der Bühne hört und sieht, was aus mir geworden ist. Schaffst du das?«

»Keine Kleinigkeit, und allein schaff ich das nicht. Ich brauche Hilfe. Ich werde versuchen, deinen Freund morgen Abend hierher zu bringen. Wird schon klappen, bye-bye!, kleiner Bär.« Sie drückte ihm den Hauch eines Engelskusses auf die Nase und verschwand.

Nichts sagte er seinen Freunden, gar nichts, er wusste ja auch nicht, ob es Hyazinthe wirklich gelingen würde, seinen Wunsch zu erfüllen.

Und Hyazinthe? Hyazinthe bat ihre Tanten und ihre starke Oma, ihr bei dem kühnen Abenteuer zu helfen. Wotan und seine Freunde waren irgendwo mitten im Atlantik in der Nähe der Kapverdischen Inseln. Die Engel schwebten über den Wellen und warteten, bis Wotan auftauchte, dann seine Wasserfontäne hochblies, um neue Luft zu holen.

»Wotan, dein Freund Noah hat Sehnsucht nach dir, er möchte, dass wir dich zu ihm nach Kapstadt bringen. Bist du bereit für eine kleine Reise durch die Luft?« Und ob Wotan bereit war. Er sang nur noch eine Botschaft an die anderen Wale und klatschte mit seiner mächtigen Schwanzflosse aufs Wasser, dass es mächtig aufspritzte. Dann hoben sie ihn aus den Wellen und hoch in die Lüfte.

Die Engel blieben unsichtbar für menschliche Augen, aber ein dreißig Meter langer und fast zweihundert Tonnen schwerer Blauwal fliegt nicht unbemerkt über den Ozean. Und so dauerte es nicht lange, bis die ersten Flugzeugkapitäne dem nächsten Tower auf den Kapverden meldeten, sie sähen einen fliegenden Wal. Die Nachrichten häuften sich, und als Hyazinthe das erste amerikanische Aufklärungsflugzeug bemerkte – amerikanische Aufklärer sind überall auf der Welt –, da breitete sie schnell den Hauch der Unsichtbarkeit über Wotan, und die Aufklärer schwirrten wieder ab.

Inzwischen wartete Noah sehnsüchtig auf ein Zeichen von Hyazinthe. Er war beim Soundcheck am Nachmittag derart unkonzentriert, dass Leo ihn fragte, wo er denn sei mit seinen Gedanken.

»Überraschung, Amigos«, sagte Noah und stimmte seine Gitarre zum zehnten Mal, obwohl es nichts mehr zu stimmen gab.

»Ach, kommst du jetzt auch mit Überraschungen?« flaxte Fips.

Nach dem Soundcheck hatten sie noch zwei Stunden Zeit, bis sie wieder auf die Bühne mussten. Noah fragte immer wieder, wie spät es denn sei, bis der alte Marabu fragte: »Was ist denn los, mein Kleiner?« Was ein bisschen komisch klang, war doch der »Kleine« inzwischen ein großer Bär geworden, sodass der Storch neben ihm aussah wie ein halbes Hühnchen.

»Ich bekomme vielleicht Besuch nachher.« Mehr war nicht aus ihm herauszuholen.

Er wanderte am Strand auf und ab und schaute über die Brandung aufs Meer hinaus. Hinter ihm lag der Tafelberg im Sonnenlicht, als draußen plötzlich hohe Wellen entstanden. Die Engel hatten Wotan sanft zu Wasser lassen wollen, aber der mächtige Wal war ihnen entglitten und ins Meer geplatscht. Wotan tauchte ab, kam wieder hoch und blies eine riesige Fontäne in die Luft. Dabei klatschte er nach Walart mit seiner breiten Schwanzflosse aufs Wasser und ließ einen wunderschönen Begrüßungsgesang hören.

»Wotaaaan«, rief Noah und wollte zu ihm schwimmen, als er hochgehoben und zu Wotan geflogen wurde. Der riss sofort sein scheunentorgroßes Maul auf, um seinen Freund aufzunehmen. Aber er bekam sein Maul nicht mehr zu, war doch Noah inzwischen ein großer Eisbär geworden. Beiden liefen die Tränen übers Gesicht, so sehr freuten sie sich, einander wieder nahe zu sein.

Doch bald musste sich Noah losreißen und erklärte seinem staunenden Freund, er müsse jetzt auf die Bühne, die da am Strand zu sehen war.

»Komm so nah ran, wie du kannst, ohne aufzulaufen, und dann kannst du sehen und hören, was ich mit meinen Freunden mache. Rock ’n’ Roll«, sagte er stolz. »Das ist Musik, noch lauter als der Gesang der Wale, aber genauso schön.«

Er gab Wotan noch einen Bärenkuss aufs Maul, dann wurde er hochgehoben, und Hyazinthe setzte ihn direkt hinter der Bühne ab. Es war ihnen egal, was die Menschen dachten, die Eisbärband war ohnehin jenseits dessen, was Menschen begreifen konnten.

Noah ging sofort in die Garderobe, wo die anderen schon warteten. »Mein Besuch ist gekommen«, verkündete er fröhlich. Alle hatten Fragezeichen im Gesicht.

»Hör ich da was von Besuch?« kam es aus Leos Richtung. Der kleine gelbe Nachtwolf wuchs gerade heraus aus seinem Schwanz, den der Leopard tagsüber um den Hals trug und wurde nun, pünktlich nach Sonnenuntergang, wieder sichtbar.

»Mann, du Riesenbaby, jetzt mach’s nicht so spannend, wer ist es denn?« wollte Fips wissen.

Das Riesenbaby lächelte in die Runde und sagte stolz: »Ich hab meinen Freund Wotan, den Wal, herholen lassen. Er ist draußen vor der Küste und wird uns heute Abend von dort zuschauen.«

Der Marabu versuchte, eins und eins zusammenzuzählen. »Moment mal, hat Morat ihn gebracht?«

»Nein, Hyazinthe, unser Engel vom gläsernen Wald.« Dem Alten klappte der Unterschnabel runter vor Verwunderung. Und dann erzählte Noah seinen staunenden Freunden die ganze Geschichte.

»Bravo, mein Kleiner«, sagte der alte Marabu. In dem Moment klopfte Angel an die Garderobentür. »Showtime für die Eisbärband, das Publikum klatscht schon ungeduldig und will euch sehen.«

Draußen vor der Küste war Wotan so nahe wie möglich herangeschwommen, ohne Gefahr zu laufen, dass sein schwerer Körper bei einsetzender Ebbe den Meeresboden berühren würde, denn dann könnte er stranden, und das war lebensgefährlich. Er hob seinen Kopf aus dem Wasser und lauschte.

Hyazinthe setzte sich auf seine Nase. »Und, Wotan, hör mal, was aus deinem kleinen Freund geworden ist.« Sie kannte natürlich die ganze Geschichte der beiden.

»Hm«, brummte der Wal, »klingt aufregend, was die da machen, aber ich kann ja kaum was sehen. Zu viele Menschen, die mir den Blick versperren.«

»Stimmt, Moment«, und Hyazinthe rief: »Oma, wir brauchen euch.« Bald wurde der riesige Wal erneut in die Luft gehoben und flog langsam Richtung Bühne. Vorsichtshalber hüllte ihn Hyazinthe gleich in den Hauch der Unsichtbarkeit, und so schwebten sie genau über den Zuschauern. Wotan wurde es nun doch ein bisschen mulmig. »Haltet mich ja gut fest«, bat er. Wenn er den Engeln wieder entgleiten würde – es gäbe eine Katastrophe.

Die Eisbärband stimmte gerade eine sanfte Ballade an, und im Publikum wurde es mucksmäuschenstill. Da konnte Wotan nicht an sich halten, er musste mitsingen. Tiefe, wunderschöne Töne erfüllten das Stadion, ein verzaubernder Klangteppich hüllte das Lied der Eisbärband ein. Und nicht genug, auch Hyazinthe begann zu singen. Dann fielen Oma und die beiden Tanten mit ein, im Publikum wurden leuchtende Handys und Feuerzeuge geschwenkt. Unsere Dschungelrocker auf der Bühne konnten sich denken, woher der wunderschöne Chorgesang kam. Sie warfen sich Blicke zu, und sie ließen sich tragen von diesem magischen Moment.

Ken, der wieder von der Seitenbühne die Performance seiner tierischen Freunde verfolgte, begriff, dass es da ein Geheimnis gab, das ihm bisher verborgen geblieben war. Er wusste um Noahs Reise nach Afrika im Maul eines Wals, und nun hörte er einen Wal singen und hörte Frauenstimmen, die nicht von dieser Welt waren.

»Hm.«

Wotan konnte leider nicht bleiben. Er hatte eine empfindliche Haut, die nicht austrocknen durfte. Wale sind ja keine Landtiere und schon gar keine Vögel, sie gehören ins Meer. Und so ließen ihn die Engel wieder ins Wasser gleiten – sanft und vorsichtig – und versprachen, seinen Freund zu ihm zu bringen.

Nach der letzten Zugabe der Dschungelrocker hatte Hyazinthe eine Überraschung für sie. Sie hatte ein Ponton, eine schwimmende Plattform, zu Wotan aufs Meer bugsieren zu lassen. Durch den Energiekanal brachte sie nun alle hinüber. Der Bär war ganz stolz, als er ihnen den großen Freund vorstellte. Und Lilly sprang dem Wal mutig ins Maul, das für die kleine Tarantel so groß war wie ein Märchenschloss. Von der Ferne hörten sie, dass die Hippies ihre letzte Zugabe gespielt hatten und das Konzert zu Ende war.

»Wollen wir nicht Ken zu uns holen?« bat Noah.

Der alte Marabu sah Hyazinthe an. »Ich glaube, es ist besser, ich mach das, du kannst ihn ja schlecht einfach kidnappen und vor aller Augen fliegen lassen.« Und schon war er weg. Die Formel für den Energiekanal ging ihm schon recht flüssig aus dem Schnabel, er brauchte nur noch kurz in sein gläsernes Buch zu schauen.

Zehn Minuten später erschien er mit Ken, dem er noch nicht mal Zeit gelassen hatte, seine Gitarre abzulegen.

Der Riffmeister grinste und sagte: »Leute, ich hab keine Ahnung, wie ihr das macht, aber was ihr macht, ist verdammt cool.« Dann bemerkte er das dunkle Haupt eines Wals. »Aha, der Chorsänger. Hi, ich bin Ken, du bist wahrscheinlich der große Retter, der meinen Freund hier nach Afrika geschleppt hat, ohne ihn runterzuschlucken. Nice to meet you, Sir.« Er schaute in die Runde. »Und wo sind die Ladys, die mitgesungen haben vorhin?«

Nun war schon alles egal. Ken war so ein cooler Hund, warum sollte er nicht auch noch dieses Geheimnis erfahren.

»Hier«, hörte er eine freundliche Stimme sagen. Und ganz langsam machte sich Hyazinthe sichtbar. Oma und die Tanten waren schon wieder weg, um andere Aufgaben zu erledigen.

»Wow«, sagte der Gitarrero. »Was ist das denn für ein Trip heute.«

Hyazinthe sah ihn lange an. »Wollen wir vielleicht ›Wild Eagles‹ singen?«

»Du kennst den Song?« Er kam aus dem Staunen überhaupt nicht mehr raus.

Der Engel lächelte den Rocker an und verzauberte seine Gitarre mit einer Handvoll Sternenstaub. »Spiel einfach mal ... Brother.« Und dann stimmte Ken einen der schönsten Songs der Greatful Hippies aus den frühen sechziger Jahren an. Hyazinthe sang so schön, wie nur ein Engel singen kann,

Sanft schaukelte das Ponton im Rhythmus des Atlantischen Ozeans. Die schmale Sichel des Mondes malte eine silbrige Straße auf's Meer. Lilly schaute aus Wotans Maul heraus, der kleine gelbe Nachtwolf schmiegte sich an Leo.

Der alte Marabu sah in den wunderschönen Nachthimmel mit all den Sternbildern der südlichen Hemisphäre und dachte wieder einmal: »Was für ein schönes Leben ist das doch.« Und er wünschte, es würde immer so weitergehen.

Plötzlich machte es Platsch. Moppel war ins Wasser gefallen. Aber keine Panik, er konnte ja schwimmen. Wotan schlenzte Lilly zurück zu den Freunden, sie landete punktgenau auf Kens grauem Heuhaufen. Der Wal tauchte ab und hievte den lachenden Elefanten zurück aufs Ponton.

Die Party ging weiter.

Die Tränen der grünen Mamba

Vor dem nächsten Konzert in Afrika, in Accra, der Hauptstadt von Ghana, hatten alle erst mal drei Tage frei. Wotan war zu den anderen Walen zurückgeflogen worden.

Der alte Marabu hatte wieder mal einen Plan. Wie immer machte er ein Geheimnis daraus. Alle wussten schon, Master Marabu arbeitete an einer Überraschung. Es war die übliche Prozedur, die Großen maulten, dass sie schon wieder mal mit Nieskraut verkleinert werden müssten, um ins Flugzeug zu passen.

»Warum müssen wir denn überhaupt mit so einem Flugzeug nach Ghana fliegen?« Leo wurde es immer ein bisschen übel beim Fliegen. »Wir können doch auch durch den Energiekanal reisen.«

»Eben nicht, Kinder, das ist ein streng gehütetes Geheimnis. Wir können hier nicht einfach verschwinden und wie in einem Science-Fiction-Film plötzlich woanders wieder auftauchen.«

»Aber Flugzeuge sind uncool, Master Marabu. Umweltstinker.«

»Ihr habt völlig recht, Kinder. Ich werde versuchen, Flugreisen zu vermeiden. Aber im Moment müssen wir uns an die Regeln und Reisepläne des Tourmanagements halten. Wenn wir unbeobachtet sind, können wir machen, was wir wollen, ok? Nicht maulen.«

Und so landeten sie am nächsten Tag in Accra. Sie wurden ins Hotel gefahren, wo der Marabu ihnen die Überraschung präsentierte. »So, hört zu, wir beamen uns jetzt in den Kakume Nationalpark.«

»Ist das auch so eine Wüste wie in Kalifornien?« piepste Lilly.

»Nein, mein Kleines, das ist …«, der Alte machte eine Pause, um die Spannung zu erhöhen, »… ein Dschungel.«

»Wie der Urwald zu Hause?«, platzte Fips heraus.

»Ganz genau.«

»Juhu, mit ganz hohen Bäumen zum Affenfliegen für mich«, jubelte Noah. Alle hopsten vor Aufregung durcheinander, und Lilly rettete sich mit einem mächtigen Satz vor Moppels Riesentretern. Der Marabu pflückte sie von Leos Rücken ab, damit sie sich an seinen Brustfedern festkrallen konnte. Neben dem gläsernen Buch, das an einer Kette um seinen Hals hing und das er aufschlug, nachdem er sich umständlich seinen komischen Kneifer aufgesetzt hatte.

»So, nun wieder alle ganz eng nebeneinander stellen. Still jetzt, ich muss mich konzentrieren.«

Fips kicherte: »Ruhig Kinder, Vater schreibt seinen Namen«, woraufhin ihm Leo einen Klaps auf seinen vorlauten Mund gab. Der Marabu gab das Zeichen: »Ready to rock 'n' roll – und ab geht die Post!«

Als alle wieder zu sich kamen, waren sie in einem wunderschönen, tiefgrünen Urwald. Vögel zwitscherten, Affen sprangen durch die Äste, es war wie im Paradies.

»Schau mal, Lilly, da, wo wir herkommen, sieht's ganz genauso aus«, sagte Fips aufgeregt. »Hallo, Kumpels!«, rief er nach oben. »Komm«, er schnappte sich Lilly, kletterte mit einem Affenzahn einen großen Baum hoch. Und er verschwand im dichten Wipfel, um urplötzlich mit einem Riesensatz auf eine Palme zu fliegen.

»Hey, und was ist mit mir?« rief ihm Noah hinterher.

»Kuck dich mal an, so schwer wie du geworden bist, du Monsterbär. Aufpassen, es kommt was runter!« Knapp an Leos Kopf vorbei schlug eine Kokosnuss auf.

»Mann, Fips, nicht schon wieder 'ne Beule, du Untier.« Es war eine ausgelassene Stimmung wie schon lange nicht mehr. Der alte Marabu war glücklich, dass er seinen Kindern eine solche Freude machen konnte. Plötzlich hörte er ein jämmerliches »Hilfe!«. Noah hatte es einfach nicht lassen können, er war unbemerkt von den anderen auf einen Baum geklettert. Jetzt hing er hilflos an einem Ast und kam weder vor noch zurück. Der Ast brach, der Bär versuchte vergeblich, Halt zu finden, dann krachte er mit einem ziemlichen RUMS zu Boden.

Alle stürzten sofort zu ihm. »Mannaberauch«, jammerte Leo und drehte den benommenen Freund um. »Du blutest ja.« Die linke Vordertatze hatte von dem splitternden Ast einen heftigen Schnitt davongetragen.

Fips kam dazu, setzte Lilly ab und schaute sich den Schnitt an. »Wie willst du denn damit Gitarre spielen?«

Der Bär kam langsam wieder zu sich und sah sehr bedröppelt aus. »Schon blöd, tut mir leid.« Keiner hatte mehr richtig Lust, weiter rumzutollen, und sie trösteten Noah.

»Yikes, wen haben wir denn da? Nicht bewegen«, gebot der alte Marabu. Vor ihnen hing eine wunderschöne Schlange am Baum und sah sie an. »Eine grüne Mamba«, warnte er und tippelte vorsichtig auf sie zu. »Hallo, du Schöne, was machst du denn hier?« Eine sehr banale Frage für einen weisen alten Marabu. Er wusste natürlich, dass er eine der gefährlichsten Giftschlangen der Welt vor sich hatte.

»Ich bin geflohen«, sagte die Mamba leise. Die andern sahen fasziniert zu, wie ihr Lehrer mit der Schlange sprach.

»Geflohen, vor wem?«

»Vor Menschen.«

»Wo sind denn hier Menschen?« Vorsichtig kam der Marabu näher. Er spürte, dass die Mamba Vertrauen zu ihm fasste.

»Nicht weit von hier. Sie haben meine Schwester getötet, einfach so, für nichts. Mich wollten sie auch töten. Sieh mal.« Sie hatte eine klaffende Wunde am Rücken. »Die Menschen hassen uns und töten uns, wenn sie eine von uns sehen.«

»Ich weiß, sie haben Angst, gebissen zu werden und schlagen blind um sich. Hast du mal einen Menschen getötet, kleine Mamba?«

»Nie, warum sollte ich?«

»Tja, warum solltest du? Was machen wir denn jetzt mir dir?« Sie konnten die verletzte Schlange ja nicht einfach sich selbst überlassen.

Lilly kam vorsichtig näher. »Ich kenne das, mich wollten die Menschen auch schon mal töten, nur weil ich eine Spinne bin. Möchtest du vielleicht mit uns kommen? Wir machen Musik. Hast du schon mal Rock 'n' Roll gehört, Schwester?« Alle prusteten los vor Lachen, was für eine absurde Frage.

Jetzt saß der Marabu in einer Klemme. »Wenn wir dich mitnehmen, haben wir ein kleines Problem. Wir müssen ganz sicher sein, dass du nicht doch mal jemanden beißt, weil der sonst sterben würde.«

Ein Gedanke schoss ihm durch den Kopf: »Seid mal ganz still.« Er schloss die Augen und meditierte. Dann loggte er sich ein in

Morats Energie und kommunizierte mit ihm durch Gedankenübertragung: »Master Morat, gibt es eine Möglichkeit, eine grüne Mamba zu entgiften? Ihr Gift unschädlich zu machen?«

Nach einer kleinen Pause ließ ihn der Zauberer wissen: »Schaut in das gläserne Buch, Seite 473. Lest und handelt. Viel Glück, mein Freund.«

Alle beobachteten gespannt, wie ihr Master seinen Kneifer aufsetzte, in seinem Zauberbuch blätterte, las und dann auf die grüne Mamba zuging. Er bat sie, auf Augenhöhe herunterzukommen. Als sie mit ihrem Kopf ganz nah vor seinen Augen war, hieß er sie, ihre Kiefer aufzuklappen. Die beiden Giftzähne im Oberkiefer sahen furchterregend aus. Er bemühte sich, seine Nervosität zu verbergen; wenn die Aktion schiefging und sie ihn beißen würde, es wäre sein sicherer Tod.

Er murmelte etwas und strich mit seinem Schnabel vorsichtig über beide Zähne. Alle hielten den Atem an. Doch die Mamba hielt still. »So, nun kannst du mit uns kommen. Dein Gift ist versiegt. Kommt alle her.«

Als Erster wagte sich Noah heran. Behutsam nahm er die Schlange auf den Arm und streichelte sie vorsichtig. Dann setzte er sie wieder auf den Ast. »Du siehst ja wirklich hübsch aus, so wunderschön grün. Weinst du?« Tatsächlich flossen Tränen aus ihren Augen.

»Ich glaube, das sind Freudentränen«, flüsterte Lilly.

Und so war es. Die grüne Mamba weinte vor Rührung, weil sie nach der schrecklichen Erfahrung mit den Menschen jetzt Schutz fand und Freunde. Sie konnte gar nicht mehr aufhören. Die Tränen liefen über ihr kleines Gesicht, über Noahs Tatzen und über seine Schnittwunde. Es juckte ein wenig, und er sah, wie sich die Wunde veränderte.

»Master Marabu, schaut mal.« Alle beobachteten gespannt, wie sich Noahs Wunde wie im Zeitraffer schloss und schließlich kaum noch zu sehen war.

Der alte Marabu war der Erste, der die Sprache wiederfand. »Hast du gewusst, dass deine Tränen diese Heilkraft besitzen, kleine Mamba?«

Die Schlange war ein wenig verwirrt: »Nein, ich habe ja noch nie geweint, ich hatte noch nie so ein Gefühl wie eben, ich kannte bisher keine Tränen.«

»Wollen wir das mal bei deiner Verletzung probieren?« Auf Noahs Fell war es noch tränenfeucht genug, um ihre Wunde benetzen zu können.

Und das Wunder wiederholte sich. Auch die Wunde der Schlange schloss sich. »Kinder, wir haben eben die Grüne-Mamba-Medizin entdeckt für unser Krankenhaus. Heureka!« Der Marabu besann sich seiner Kenntnisse in einem Zweig der Medizin, der Homöopathie hieß. Wenn man eine Substanz vielfach verdünnte und jedes Mal schüttelte, kann man dennoch eine große Heilwirkung erreichen. Er sah ungeahnte medizinische Möglichkeiten und blätterte aufgeregt im gläsernen Buch.

»Hier steht's, Kinder. Morgentau. Wir müssen Morgentau einsammeln und damit die Tränen unserer neuen Freundin verdünnen, äh, strecken.«

Und so geschah es. Wo immer sie fortan waren, sammelten sie den Tau auf den Wiesen, dann mischten sie ihn mit den Tränen der grünen Mamba. Da sie von nun an »nah am Wasser gebaut« hatte, also bei der kleinsten Gefühlsregung zu weinen begann, gab es keinen Mangel an Grüner-Mamba-Medizin. Wofür es in der Tat später großen Bedarf gab. Doch so weit sind wir noch nicht.

Als sie dann mit ihrer neuen Freundin beim Soundcheck im »Ohene-Djan-Stadion« in Accra auftauchten, mussten sie erst mal eine Menge Erklärungen abgeben, um die Hippies und die gesamte Crew zu beruhigen. Ken war der Erste, der cool und mutig war. Wie damals, als er sich Lilly ins graue Heu gesetzt hatte, nahm er die Mamba aus Noahs Armen und hing sie sich zärtlich um den Hals.

Angel, die hübsche Stagemanagerin, sprach aus, was alle dachten: »Well, well, 'ne Tarantel aufm Kopf, 'ne grüne Mamba um den Hals, so liebt die Welt Ken Kobra.«

Und damit war auch die Mamba im Rock-'n'-Roll-Zirkus angekommen.

Sweet Sally forever

Noah begann, Kim Kobra zu bewundern, und versuchte, Kims Bewegungen zu kopieren. Eines Tages nahm sich Ken den Bär zur Brust. »Listen, my furry friend, es gibt nur einen Kim Kobra auf der Welt und nur einen rockenden Eisbär. Bleib du selbst, und versuch nie, irgendjemanden zu kopieren. Das geht immer daneben. Hör auf deinen Bauch und auf dein Herz, und dann stimmt's. Bleib ehrlich.«

»Aber ich will doch lernen und besser werden als Frontmann.«

»Dann kopier aber nicht ausgerechnet Kim Kobra.«

»Na gut, aber kann ich was von dir lernen, Ken, du bist doch der Riffmeister? Ich hab gehört, dass viele Gitarristen versuchen, dich zu kopieren und versuchen, so zu spielen wie du.«

Ken verzog die Landschaft in seinem Gesicht zu seinem typischen Grinsen. »Pass auf, ich zeig dir jetzt mal ein paar Licks, und dann machst du dein eigenes Ding. Mir hat auch niemand beigebracht, was ich kann. Mein Opa hat mir die erste Gitarre geschenkt, aber meinen Stil hab ich selber gefunden. Alle guten Musiker haben ihren Stil aus sich heraus selbst gefunden. Spielen, spielen, spielen, jeden Tag. Immer versuchen, was du in dir hörst, in die Finger zu kriegen. Du bist sowieso einzigartig, wie du die Gitarre spielst mit deinen Bärentatzen. Schau mal, mein Freund«, Ken nahm seine Gitarre und spielte Noah ein typisches Ken-Kobra-Riff vor, eine Gitarrenphrase, an der man sofort erkennt, das ist ein Song von den Greatful Hippies. »Spiel das mal nach, und dann mach's dir zu eigen. Ich will keine Kopie von Ken Kobra hören, sondern ein Noah-Riff.«

»Und wie mach ich das?« wollte der Eisbär wissen.

»Ach weißt du, mein Freund, deinen eigenen Stil findest du, indem du spielst und rumfriemelst. Du ziehst und bearbeitest deine Saiten, und irgendwann merken die anderen, hey, das ist der typische Noah-Stil, und dann hast du's. Alles klar?«

Und von dem Tag an übte der Bär noch mehr und hatte noch größere Freude an seinem Instrument.

Ein paar Tage später, es war nach dem Soundcheck in Casablanca, also in Marokko, da sagte Ken zu Noah: »Wenn wir heute Abend unsere letzte Zugabe gespielt haben und die Leute schon rausgehen wollen, dann komm ich noch mal auf die Bühne und spiel die Intro von »Sweet Sally«. Hast du den Text drauf?«

»Jedes Wort«, versicherte ihm der Bär.

»Okay, dann kommst du zu mir, schnappst dir ein Mikrofon und singst.«

Und so geschah es. Die Hippies verließen die Bühne, das Publikum strömte zu den Ausgängen, da kam Ken zurück und spielte die ersten Takte dieser wunderschönen Ballade. Und wie verabredet, tapste Noah zum Mikrofon und sang. Die Leute in der Arena blieben stehen und lauschten, als plötzlich, und das hatte Ken beabsichtigt, er wusste, wie sein Bruder tickte – als plötzlich Kim Kobra mit der Mundharmonika auf die Bühne schlenderte.

Zu dritt spielten sie das Lied zu Ende. Feuerzeuge wurden angezündet und leuchtende Handys geschwenkt, es war einer dieser magischen Momente, die man nur zu selten erlebt. Kim Kobra, der diesen Song geschrieben hatte und der ihn seit Jahrzehnten sang, Kim Kobra überließ einem anderen seinen Platz am Mikrofon und begleitete ihn auch noch auf der Bluesharp. Alle spürten den Zauber und die einzigartige Stimmung. Niemand applaudierte, niemand zerstörte die Stille, Tausende Menschen verließen ergriffen und schweigend das Stadion.

Noch in derselben Nacht standen die Handy-Videos im Netz, und von nun an wurde jedes Konzert der World Tour auf die gleiche Weise beendet. Und die Menschen reagierten überall gleich: Ergriffen, verzaubert und schweigend verließen sie die Stadien. »Sweet Sally« forever in aller Herzen ...

Die erste Reise zum Bunten Planeten

Auf so langen Monstertouren gibt es oft Pausen, damit sich die Musiker ausruhen, eventuell auch Erkältungen ausheilen, besonders aber, damit sich die Stimmen der Sänger, die ja bei den Konzerten immer sehr strapaziert werden, erholen können. Und nicht zuletzt, damit die Techniker, die Road Crew, genug Zeit haben, die Bühne, das ganze Equipment, also Licht- und Tonanlagen, die Verstärker der Instrumente, Nebel- und manchmal auch Feuermaschinen ab- und am nächsten Ort wieder aufzubauen. Das ganze Unternehmen ist militärisch präzise organisiert, damit nicht irgendwas fehlt beim nächsten Konzert. Denn wenn Carmine plötzlich ohne Basstrommel spielen müsste, Ken ohne Gitarre auf der Bühne stünde, oder wenn Kim vor Tausenden von Leuten das Bandgewitter ohne Mikrofon übertönen müsste – das wär ja eine Katastrophe.

Die Greatful Hippies flogen manchmal nach Hause für ein paar Tage oder relaxten irgendwo unter Palmen an warmen Stränden. Und unsere Freunde von der Eisbärband reisten dank der Zauberformeln des gläsernen Buchs, wohin immer sie wollten.

Eines Tages schlug ihnen Hyazinthe, die offenbar von Morat als ihre Tourbegleiterin abgestellt worden war, vor, zum Bunten Planeten zu fliegen.

Alle machten große Augen und hatten noch größere Fragezeichen in den Gesichtern. »Zum Bunten Planeten?« hauchte Mondsüchtig.

»Wo ist denn dieser Bunte Planet?« fragte sogar der alte Marabu.

Hyazinthe lächelte geheimnisvoll. Sie lagen alle auf der Terrasse ihrer Hotelsuite, es war eine mondlose, sternenklare Nacht. »Seht ihr die Milchstraße da oben?«

Na, was für eine Frage. Die Milchstraße war zum Greifen nah, obwohl sie Milliarden Kilometer weit weg von ihrem Hotel fern im Weltall lag. Ein wunderschöner Anblick. Hyazinthe zeigte nach oben. »Da ungefähr, rechts davon beim Orion.«

Der Marabu fiel sofort in seinen Oberlehrermodus. »Das Sternbild da«, er reckte seinen Schnabel zum Himmel, »das ist der Orion.«

»Und da liegt der Bunte Planet? Das ist aber mächtig weit«, piepste Lilly.

»Kannst du das überhaupt sehen mit deinen kleinen Augen?« neckte Fips seine Bandschwester.

»Hey, ich sehe genauso gut wie du«, verteidigte sie sich. »Wie viel Sterne hat denn der Orion? Zähl doch mal, Fipsilein.«

Und der kleine Affe begann: »Eins, zwei, drei, vier, fünf, Moment, ehm, sechs, sieben. Sieben Sterne sind das.«

»Nö«, widersprach sie. Da hast du einen vergessen, ich zähle acht.« Sie wandte sich an Hyazinthe: »Hab ich recht?«

Doch bevor der Engel antworten konnte, kam es wie aus der Pistole geschossen aus dem Schnabel des weisen, alten Marabus: »Von links unten heißen die einzelnen Sterne Saiph und Rigel. Das ›Schwert‹ in der Mitte bilden Alnitak, Alnilam und Mintaka, und oben die drei heißen Beteigeuze, Heka und Bellatrix. Tut mir leid, Fips, deine kleine Schwester hat richtig gezählt, es sind acht Sterne.«

»Ha!« rief Lilly. Sie hüpfte mit einem Satz auf Fipsens Akkordeon und zwickte ihm in die Nase. Fips gab ihr einen Kuss und sagte. »Na gut, hast gewonnen.«

»Seid ihr euch jetzt einig, ihr drei?« Hyazinthe nahm den Faden wieder auf. »Also rechts von den drei Sternen, die das sogenannte Schwert des Orion bilden, da liegt der Bunte Planet. Er ist ein bisschen schwer zu erkennen, weil er kleiner ist als euer Blauer Planet.«

»Also die Erde«, erklärte der alte Marabu.

»Wissen wir«, riefen alle im Chor, »haben wir doch alles gelernt.« Und der Alte lächelte. So gut wie ein Vogel eben lächeln kann.

»Da fliegen wir hin, wenn ihr wollt«, sagte Hyazinthe.

Noah hatte, wie alle anderen, ja schon allerlei Zauberkräfte und Überraschungen erlebt, aber das war ihm nicht geheuer. »Das ist aber mächtig weit, Leute. Wie lange sind wir denn da unterwegs? In einer Woche ist doch schon der nächste Gig in Rom.«

»Keine Angst«, beruhigte ihn Hyazinthe. Wir brauchen nur ein paar Stunden hin und genauso lange zurück. Wir können aber erst morgen Mittag los, ich muss noch ein paar Vorbereitungen treffen, und ich muss euch ankündigen, damit sie dort wissen, dass Erdlinge zu Besuch kommen ...«

»... in friedlicher Absicht.« Der Marabu musste noch mal seinen Senf dazugeben.

Hyazinthe machte sich auf den Weg, und die anderen legten sich hin, konnten aber nicht einschlafen. Alle waren aufgeregt.

So weit sollte die Reise morgen gehen; selbst die Menschen waren noch nie so tief ins Weltall vorgedrungen.

»Wie bei Star Trek«, murmelte die grüne Mamba. Auch sie kannte inzwischen die Serie aus dem Fernsehen.

»Viele Lichtjahre von der Erde entfernt, dringt die Eisbärband in Galaxien vor, die nie ein Mensch zuvor gesehen hat«, zitierte Leo, und alle sangen die berühmte Melodie aus dem Vorspann. Dann schliefen sie ein.

Nur der alte Marabu wachte wie immer und dachte nach. Hoffentlich geht das alles gut. Es war ja schon ein gewagtes Abenteuer, worauf sie sich einlassen würden. Aber er vertraute Hyazinthe, und dann fielen auch ihm die Augen zu.

Am Morgen beim Frühstück unten im Hotel lief ihnen Ken Kobra über den Weg. »Hey, ihr seid ja noch da, 'ne freie Woche liegt vor uns. Wohin treibt's euch denn diesmal?«

»Hm«, brummte Noah, »wollen wir's ihm sagen?«

Ken nahm Lilly, seine kleine Freundin, in die Hand. »Geheimnis, Sweetie?«

»Yep. Kannst du denn eins bewahren, ein Geheimnis?«

»Durchaus, schieß mal los.«

»Wir machen eine kleine Reise, aber ich darf dir nicht sagen, wohin. Kommst du mit, ohne zu fragen?«

Der Gitarrero dachte keine Sekunde nach, spontan willigte er ein. »Mit dir geh ich bis ans Ende der Welt.«

»Nu, da liegst du gar nicht so falsch«, lächelte Lilly geheimnisvoll. »Es geht sogar noch ein bisschen weiter. Komm zu uns gegen elf, und bitte behalt's für dich.«

Und tatsächlich klopfte Ken Punkt elf an ihre Tür. Er stellte auch keine Fragen, als sich alle eng aneinanderkuschelten, als Hyazinthe ihre Kräfte entfaltete und sie abhoben zur Reise ins Weltall.

Wie immer hatten sie kein Zeitgefühl und konnten sich nicht erinnern, wie es »unterwegs« war. Sie kamen plötzlich zum Vorschein, hatten ihre Körper wieder, waren dieselben wie vorher. Selbst nach einem Flug über Milliarden Kilometer.

»Willkommen auf dem Bunten Planeten, ihr Erdlinge.« Vor ihnen stand ein kleiner Gesell, mit einem großen Kopf und einem freundlichen Gesicht. Seine Augen strahlten in allen Farben, ja, sie blitzten geradezu in unwirklichem Bunt.

»Ich bin König Flatulenzi, der XXV.« Er lachte, und bei jedem Lachen entfuhr ihm eine königliche Faltulenz, was ihn unseren Freunden auf Anhieb sympathisch machte.

»Seid bedankt, Majestät«, erwiderte der Marabu. Und Fips konnte es sich nicht verkneifen, dem König der Darmwinde zu antworten, indem er ebenfalls einen fröhlichen Knallfrosch losließ. Was wiederum den König so begeisterte, dass er Fips spontan in die Arme nahm: »Ich sehe, ihr kommt in friedlicher Absicht, fühlt euch bei uns wie zu Hause.«

Flatulenzi stellte den Erdlingen seine Ministerinnen und Minister vor, von denen allerdings niemand knatterte wie er. Der Minister für Herzlichkeit erklärte: »Bei uns wird man nicht als König geboren. Es wird derjenige zum Staatschef gewählt, der die besten Flatulenzen hat, denn das verrät eine fröhliche und somit friedliche Natur.«

Ken gefiel das alles sehr. »Leute, es wär doch total cool, wenn wir auf unserem Planeten auch solche lustigen Staatsoberhäupter hätten, right? Stellt euch mal vor, eine Vollversammlung der UNO – und alle furzen fröhlich um die Wette. Es gäbe keine Kriege mehr, alle würden sich einigen, wie die Nahrungsmittel und die Bodenschätze besser verteilt werden. Keiner wär dem anderen mehr böse. Der amerikanische Präsident und die Staatschefs aller Länder, mit denen er gerade wieder mal im Clinch liegt, begrüßen einander wie der King des Bunten Planeten uns eben begrüßt hat. Frieden durch Furzen. Wär das cool, oder was?!«

Allen gefiel die Idee, und sogar Lilly schaffte einen kleinen süßen Ton. Sehr fein und lieblich klang das.

»Eure Freundin Hyazinthe hat uns gesagt, ihr seid Musiker. Wir haben auch Musik auf unserm Planeten, ich möchte euch jetzt erst einmal zu unserem Musikzauberer bringen. Zu Meister Klingklang. Vielleicht kann er etwas Schönes für euch basteln.«

Hyazinthe verabschiedete sich: »Ich hab noch was zu erledigen hier in der Nähe, nur ein paar Lichtjahre entfernt. Ich hole euch dann in drei Tagen wieder ab. Habt Spaß auf dem Bunten Planeten. Schöne Grüße an Meister Klingklang, bye-bye!« Und weg war sie.

Der alte Marabu verdrängte ein ungutes Gefühl. Sie waren Lichtjahre entfernt von zu Hause. Was, wenn Hyazinthe nicht zurückkäme, was, wenn sie jetzt ausgesetzt wären im Weltall? Die Formeln des gläsernen Buchs galten ja nur auf der Erde. Was bedeutete, sie kämen nicht zurück. Er holte tief Luft. Dann kehrte sein Urvertrauen zurück. Wird schon wiederkommen, der Engel.

»Nanu, wo bin ich hier?« Der kleine gelbe Nachtwolf kam plötzlich aus seinem Schwanz hervor und klammerte sich an Leo. Am hellen Tage! Wie war das möglich?

»Kinder, das ist doch ganz einfach.« Der alte Marabu hatte die Antwort. »Wir sind hier auf dem Bunten Planeten. Hier gibt es keine Tagwölfe, also braucht er sich auch nicht zu verstecken. Schön, dich mal im Sonnenlicht zu sehen, mein Kleiner.« Und sofort kuschelte Leo mit seinem Freund; er freute sich am meisten, dass der kleine gelbe Nachtwolf das große Abenteuer miterleben konnte.

Inzwischen waren sie am Ufer eines silbernen Flusses angekommen. »So bitte, an Bord«, bat der König. »Das ist unser Schmetterlingsboot.«

Das Boot war eher ein größeres Schiff, auf dem die Eisbärband und der gesamte Hofstaat Platz fanden. Ein leichter Wind blähte die Segel, die tatsächlich aussahen wie Schmetterlingsflügel. Alles sehr bunt, Farben, die viel prächtiger und strahlender waren als auf Erden.

Die Ministerin für den Erhalt der Schönheit des Bunten Planeten sagte mit ihrer zarten, melodischen Stimme: »Die Nachrichten, die uns vom Blauen Planeten erreichen, verheißen ja wirklich nichts Gutes. Wir hatten einst auch ähnliche Probleme, aber wir haben sie in den Griff bekommen. Weil alle gemeinsam geholfen haben. Alle zusammengehalten haben. Bei uns hat das, was Ihr ›Geld‹ nennt, gar keine Bedeutung. Bei uns geht es nicht um ›Profit‹ oder um so merkwürdige Werte wie ›ständiges Wachstum‹.«

»Ich bin ja hier der einzige Mensch«, warf der Rock 'n' Roller ein. »Ich gebe Euch recht. Unsere Politiker sind peinlich und feige. Sie dienen nicht den Menschen, die sie gewählt haben. Sie dienen den Zerstörern unseres Planeten.«

Und die Ministerin für außerirdische Kommunikation meinte: »Eure Regierenden sollten sich doch schämen, dass ausgerechnet Kinder mit ihren Aktionen sie aufwecken müssen?«

»Falls unsre Politiker überhaupt gewillt sind, diese Kinder zu verstehen.« Ken fühlte sich ein bisschen schuldig als Mensch und Bewohner des Blauen Planeten.

»Wir kennen keine Gier«, sagte der Minister für Freundlichkeit. »Wir haben Respekt vor der Natur und zerstören sie nicht.« Woraufhin Flatulenzi einen derart herzlich-bestätigenden Kracher losließ, dass alle laut lachen mussten.

Der alte Marabu aber behielt all diese Worte und bewegte sie in seinem Herzen. Er nahm sich vor, mit der Band einen Song darüber zu schreiben.

Das Schmetterlingsboot glitt weiter an Wiesen und Wäldern vorbei, die beinahe aussahen wie zu Hause, nur eben bunter, unwirklicher, es sah aus wie in einer Märchenwelt.

»Fast ein bisschen wie damals im gläsernen Wald vom Zauberer Morat«, sagte Moppel und versuchte, seinen Rüssel über die niedrige Bordwand ins silbrige Wasser zu stecken. Er vergaß, dass Lilly auf seinem Kopf saß, damit sie alles besser überblicken konnte, und mit einem kleinen Plumps fiel sie in den Fluss. Schuldbewusst kletterte Moppel auf die Reling und wollte springen, um Lilly zu retten.

»Keine Angst«, rief Flatulenzi, »sie kann nicht untergehen.«

Tatsächlich schwamm Lilly im silbrigen Wasser wie ein Seehund. »Hey, kommt rein, das ist richtig schön hier drin«, rief sie den Freunden zu.

»Hier, klettere daran hoch.« Flatulenzi hielt eine Art Angel mit einem dicken Seil in den Fluss, und Lilly kletterte nach ein paar Minuten daran hoch. Sie war über und über silbrig. Ihre kleinen Borsten, ihre Beine, das ganze Tierchen war versilbert.

»Wie geil ist das denn?«, juchzte sie. »Wie seh ich aus?«

»Wie ein kostbares Schmuckstück, Sweetie«, sagte Ken und setzte sie sich vorsichtig in seinen Heuhaufen. »Du bist jetzt meine Silberkrone.«

»Geht das wieder ab?« wollte der kleine gelbe Nachtwolf wissen.

»Nein, das bleibt dran«, erwiderte der Minister fürs Wohlbefinden. Und alle fanden Lillys neuen Look sehr kleidsam. Mit Müh und Not konnten sie die grüne Mamba davon abhalten, sich ebenfalls mit einem Satz über die Reling zu versilbern. Moppel schlang einfach seinen Rüssel um die Schlange. »Du bleibst hier, mein Schatz. Einmal Silber reicht. Du bist wunderschön, so grün wie du bist.«

Nach einer Weile legte das Schmetterlingsboot vor einem mit bunten Blumen umwachsenen Haus an. Ein Mann, der aussah wie alle hier, klein, mit einem großen Kopf und einer hervorstechenden Knollennase, die in allen Farben funkelte, begrüßte die Gesellschaft.

»Meister Klingklang, wir haben Gäste vom Blauen Planeten. Sie sind Musiker, Ihr werdet Euch gut verstehen.« Der Minister für Höflichkeit stellte die Erdlinge vor.

Klingklang bat unsere Freunde einzutreten und zeigte ihnen allerlei wundersame Instrumente, die das ganze Haus einnahmen. Er wandte sich an Ken: »Ihr seht so anders aus als Eure Freunde, ich glaube, Ihr seid ein Mensch, oder irre ich mich?«

»Nein Sir, Ihr irrt Euch nicht, ich bin in der Tat ein Mensch.«

»Aber er spielt unmenschlich gut Gitarre«, Fips war wieder mal nicht zu bremsen.

»Und er schreibt unmenschlich gute Songs, wir nennen ihn den Riffmeister«, flötete Lilly.

»So, so«, brummte der Klangmeister, »da hab ich etwas für Euch, mein Freund.« Er holte ein merkwürdig geformtes Instrument von der Wand und gab es Ken in die Hand. »Das ist eine Gitarre, die sich nie verstimmt. Und man muss sich lediglich vorstellen, welchen Sound man wünscht, und man kann die Saiten per Gedankenübertragung in jede offene Stimmung bringen, wie immer man es wünscht. Probiert einmal.«

Ken, der Meister des Open-Tuning-Gitarrenspiels, fühlte sich wie im Himmel. Er entlockte dem Instrument die wunderbarsten Tonfolgen, die wundersamsten Klänge, die man sich nur vorstellen kann. Was würde er für abgefahrene Songs schreiben können? Andere Gitarreros auf Erden könnten sich die Finger verbiegen, sie würden nie diese Akkorde spielen können. »Das ist das schönste Geschenk, seit mein Opa mir meine erste Gitarre in die

Hand gedrückt hat. Wie kann ich Euch danken, verehrter Meister Klingklang?«

»Dankt mir, indem Ihr sie einfach spielt. Ich habe wohl warten müssen, bis ich sie einem würdigen Musiker in die Hände geben kann, mein Freund.«

»Bevor es dunkel wird, verehrte Erdlinge«, mahnte der Minister für Heilkunst, »auch bei uns auf dem Bunten Planeten gibt es Tag und Nacht, also bevor es dunkel wird, sollten wir noch der Zauberin Hexane einen Besuch abstatten. Ich habe gehört, dass Ihr Krankenhäuser bauen wollt, um Tiere und Menschenkinder zu heilen. Sie hat etwas Besonderes für Euch. Kommt.«

Das Schmetterlingsboot trug sie vorbei an sanften Hügeln, auf denen lustige kleine Häuser standen, die aussahen, als seien sie von den Baumeistern von Schlumpfhausen errichtet worden. Dann glitten sie in eine Schlucht. Hohe Felswände backbords und steuerbords verengten den Silbernen Fluss, rote Raben flogen krächzend dicht über dem Schmetterlingsboot, und ein großer schwarz-goldener Vogel mit roten Schwanzfedern landete auf der Mastspitze.

»Hallo Rotanus«, rief ihm der Minister für Heilkunst zu, »ist deine Herrin zu Hause?« Der Vogel bestätigte das, indem er seine Schwanzfedern wie ein Propeller kreisen ließ.

Der alte Marabu fragte: »Rotanus, Herr Minister? Ist das der Bote der Meisterin?«

»So ist es«, kicherte Flatulenzi und ließ zur Bekräftigung seiner Worte noch einen flatternden Hinterwind streichen. »Wir sind gleich da.«

Und richtig, am Ende der Schlucht lag ein wunderschöner Garten mit wundersamen Bäumen, an denen merkwürdige Kürbisfrüchte hingen. Auf jedem Baum saß ein roter Rabe und pfiff, als das Boot anlegte. Jeder Vogel pfiff einen eigenen Ton, zusammen ergab das eine Melodie, die unsere Musiker in Entzücken versetzte.

»Wow, kannst du dir die Melodie merken, Fips?« fragte Leo und klopfte mit seinen Tatzen den Groove dazu.

»Hab ich schon«, erwiderte Fips und spielte die Melodie sofort auf seinem angewachsenen Akkordeon nach. Die roten Raben waren verwirrt und pfiffen aufgeregt durcheinander, sodass der Marabu seine Kinder um Ruhe bat. Man wollte nicht unhöflich sein.

Plötzlich hörten sie eine warme Stimme. »Hey, man merkt, dass ihr Musiker vom Blauen Planeten seid. Immer bereit für eine Jamsession.« Eine wunderschöne junge Frau mit langen, bunt-schillernden Haaren und großen tiefgrünen Augen erschien plötzlich wie aus dem Nichts vor ihnen. »Ich habe euch erwartet, Erdlinge. Seid willkommen. Ich bin Hexane.«

Fips raunte Noah ins Ohr: »Das ist ja mal 'ne sexy Hexy. Ich dachte immer, Hexen sind alt und hässlich, so mit Warzen auf der Nase. Pass auf, dass Ken sich nicht in sie verknallt und hierbleibt.«

Inzwischen war die ganze Gesellschaft von Bord gegangen, und der Minister für Höflichkeit stellte die Gäste vor. Fips beugte sich galant über Hexanes wunderschöne, zarte Finger und hauchte einen formvollendeten Handkuss darauf. Ken war von der unerwarteten Schönheit der Zauberin wie geblendet. Sie sah dem Rocker tief in die Augen und umarmte ihn.

Die Familienministerin, auch das gab es auf dem Bunten Planeten, raunte dem Marabu ins Ohr: »Sie wird ihn hierbehalten wollen, ihn in einen jungen Mann verwandeln, passt auf, dass sie ihn nicht verhext.« Und laut sagte sie: »Meisterin, wie schon angekündigt, bringen wir Euch die Erdlinge, damit Ihr ihnen erlaubt, Eure Medizin zu sammeln. Sie wollen Krankenhäuser bauen, um Menschenkinder und Tiere zu heilen.«

Hexane musste sich buchstäblich von Ken losreißen und sagte mit ihrer melodischen Stimme: »Pflückt die Kürbisfrüchte von den Bäumen und gießt den Saft in die Flaschen hier, die ich schon für Euch bereitgestellt habe.« Sie wandte sich an den alten Marabu: »Ihr seid der Master Eurer Kinder, passt gut auf, ich werde mich nicht wiederholen.«

Und sie erklärte ihm, wie er mit der Medizin umgehen musste, welche Dosierungen bei welchen Leiden notwendig waren. Ihr medizinisches Wissen der Krankheiten auf der Erde versetzte den Marabu in Erstaunen.

Zehn Flaschen konnten sie mitnehmen, ein wahrer Schatz, der zusammen mit der Grünen-Mamba-Medizin die Grundlage ihrer

Kliniken werden sollte. Der Marabu dankte der schönen Zauberin für ihre Großzügigkeit, und natürlich nahm Ken seine neue Gitarre und setze sich vor Hexane auf einen Baumstumpf. Spontan entstand ein neues Lied. Melodie und Harmonien sprudelten nur so aus ihm heraus, ebenso die Worte. Es wurde eine wunderschöne Rockballade, in der gefühlte einhundert Mal der Name Hexane vorkam.

»Seht Ihr, es geht schon los, lasst uns fahren, bevor es zu spät ist«, flüsterte die Familienministerin dem alten Marabu ins Ohr.

»Ihr habt recht«, flüsterte der Alte zurück, »sonst muss ihn Noah bei den Greatful Hippies ersetzen.« Er wartete, respektvoll wie er nun mal war, bis der Troubadour seinen Lovesong ausgeschmachtet hatte, dann rief er laut: »Let's rock, Kiddos. Wir müssen zurück.«

Man sah der schönen Hexe die Enttäuschung an. »Kommt wieder, wann immer ihr wollt. Lebt wohl.« Sie gab dem Gitarrero einen langen Kuss, drehte sich um und verschwand, so wie sie gekommen war.

Der Minister für Lebensfreude lud die Gefährten ein, sich umzuschauen auf dem Bunten Planeten. Überall waren sie willkommen, die Zeit verging wie im Flug. Dann mahnte der alte Marabu, zurückzukehren zum Treffpunkt, als plötzlich und unerwartet Hyazinthe erschien.

»Habt Ihr befürchtet, Master Marabu, ich würde Euch hier im Stich lassen? Ich hab Eure Angst gespürt, und nun bin ich da. Alles gut?«

»Was war das denn eben für ein Gepolter?« fragte die sensible kleine Giraffe.

»Das war der Stein, der Master Marabu vom Herzen gefallen ist«, lachte Hyazinthe. »Lasst uns zurückkehren nach Hause. Was ist mit dir Ken? Du bist so ... so anders!?«

»Er würde gerne hierbleiben«, grinste Fips, doch der Riffmeister hielt ihm schnell den Mund zu. »Let's go home, die Fans warten in Rom.« Und zur Bekräftigung ließ auch er einen Abschiedskracher los, bevor sie abhoben zur Reise durch die unendlichen Weiten des Weltalls. Fips streckte noch den Zeigefinger in den Himmel und krächzte wie einst E.T.: »Nach Hause.«

Ein Traum wird wahr

»So, Kinder, kleine Überraschung!« Der Marabu schüttelte sein aufgefrischtes Gefieder. Er hatte in einem seiner Selbstversuche Hexanes Zaubertropfen ausprobiert. Und oh Wunder, seine abgerockten Schwanzfedern waren vollständig nachgewachsen, ebenso sein schütteres Brustkleid, das er sich gedankenverloren immer rupfte, wenn er nachdachte. Mit einem Wort, er sah über Nacht zwanzig Jahre jünger aus.

»Yikes, Papa«, flaxte Fips, »was für ein hübsches Vögelchen Ihr doch geworden seid.«

Und Moppel trötete: »Auf zum Bunten Planeten. Die schöne Hexane wird sich sofort in Euch verlieben.« Alle lachten und freuten sich, als der verjüngte Marabu stolz wie ein Pfau vor ihnen paradierte.

»Nein, Kinder, mit Überraschung meinte ich etwas anderes«, sagte der geschönte Storch feierlich.

»Aha, wohin fliegen wir denn diesmal?« plapperten alle durcheinander.

Der Marabu wartete, bis wieder Ruhe eingetreten war. »Also, wir haben doch ein Ziel, Kinder.«

»Nordpol?« fragte Noah leise.

»Wie, jetzt schon?« hauchte Mondsüchtig.

Leo ließ verwirrt seine Drumsticks fallen, mit denen er grade jonglierte: »Dahin wollten wir doch erst nach der Tournee …«

»Hört doch mal zu, und gackert nicht rum wie ein aufgescheuchter Hühnerhaufen. Nein, noch nicht zum Nordpol.« Der Marabu holte tief Luft: »Wir haben genug Geld zusammen für unsere erste Klinik. Washington hat alles im Griff, er hat ein Haus bauen lassen, wir fliegen hin und eröffnen das Kinderkrankenhaus und …«, er schaute Noah an, »die angeschlossene Station für kranke Tiere. Wie du's dir gewünscht hast, mein Kleiner.«

Keiner sagte ein Wort, es hatte allen die Sprache verschlagen. Die grüne Mamba weinte ein bisschen vor Rührung, aber keiner dachte daran, ihre Medizin aufzufangen. Alle waren tief berührt, alle hatten Freudentränen in den Augen. Endlich. Sie hatten hart dafür gearbeitet, jeden Cent gespart. Es war die Erfüllung eines Traums.

Fips fand als Erster seine Fassung wieder. Er fragte leise: »Und wo?«

»Was gäbe es für einen besseren Ort, als den, an dem alles angefangen hat.«

»New Orleans?«

»Ja.«

»Wow.«

»Wann?«

»Wir fliegen noch heute.«

»Auf unsere Art?«

»Nein. Wir nehmen ganz offiziell ein normales Flugzeug. Wir werden nämlich am Louis Armstrong Airport in New Orleans erwartet, es wird einen riesen Rummel geben, und wir brauchen auch jede Publicity.«

»Warum brauchen wir denn so was?« wollte Mondsüchtig wissen. Wenn sie nicht auf der Bühne ihren Bass behämmerte, war sie immer noch die scheue kleine Giraffe und konnte sich nicht an rote Teppiche, an Interviews und den ganzen Zirkus um die Band gewöhnen.

»Kinder, ein Krankenhaus zu bauen ist eine Sache, es zu erhalten eine andere. So viel kann man gar nicht verdienen. Wir brauchen Spenden, Sponsoren, jede Hilfe, die wir kriegen können, um die laufenden Kosten tragen zu können. Und dafür brauchen wir Publicity …«

»… um die Menschheit zum Spenden zu bewegen, stimmt's?« unterbrach ihn Lilly.

»Menschheit ist ein großes Wort, aber du hast recht.«

»Warum machen wir nicht richtig Sturm im Internet? Die Blogger lieben uns, und wir lassen die große weite Welt wissen, dass wir ganz, ganz viel Geld brauchen, weil es so viele arme Eltern mit kranken Kindern und so viele leidende Tiere gibt.«

»Ja, genau, das machen wir. Guter Plan, Lilly hat recht.« Alle redeten wieder durcheinander, die Ideen sprudelten nur so. Und alle waren gut.

»Kinder, lasst uns erst mal die Klinik eröffnen, und dann machen wir Sturm im Internet.«

Und so geschah es auch. Unsere Freunde wurden am Louis Armstrong Airport von einer Horde Fotografen erwartet, sogar der Mayor von New Orleans, der Bürgermeister, ließ es sich nicht nehmen, die Eisbärband persönlich zu begrüßen. Bald waren Wahlen, und so eine Aktion bringt immer viele Stimmen. Es war genau der Rummel, den sich der alte Marabu erhofft hatte.

Dann kamen sie zu ihrem Krankenhaus. Mit großen Buchstaben stand über dem Tor: »Erste Eisbärband-Klinik für Kinder und Tiere« stand über dem Tor. Auch hier warteten Fernsehteams und eine Schar Fotografen. Es war eben eine Sensation, dass eine Tierband, die ihre Karriere in New Orleans gestartet hatte, hier nun eine Klinik eröffnete, in der arme Patienten kostenlos behandelt werden konnten.

Kinderärzte standen bereit, Tierärzte, Pfleger, Schwestern. Washington und seine Band hatten an alles gedacht. Jeder Raum sah anders aus. Freiwillig und ohne Geld zu verlangen, hatten Künstler aus New Orleans sie ausgestaltet. Da gab es einen Dschungelraum, andere sahen aus wie die verschiedenen Erdteile, wieder andere hatten herrliche Blumen an den Wänden oder Fische und Fabelwesen. Es gab Wände mit Szenen aus den Märchen. Die meisten Krankenhäuser waren trist und langweilig, einfach praktisch. Es war ja schon schlimm genug, krank zu sein, aber in den Krankenzimmern und Behandlungsräumen der Eisbärband-Klinik sollten Kinder sich wohlfühlen und keine Angst haben. Hier sollte es Spaß machen, gesund zu werden.

Auch in der Tierklinik war es schön und tiergerecht. Und es gab Kuschelzimmer, in denen die Kinder Hasen, Hunde und Katzen streicheln konnten.

Und damit die kleinen Patienten nicht so viel in der Schule versäumten, hatten sich Lehrer bereit erklärt, den Schulkindern zu helfen. Clowns und Musiker kamen und brachten Freude ins Leben; es gab wunderbares Essen aus der hauseigenen Küche, und im Gemüsegarten hinterm Haus wuchsen bereits die ersten Möhren.

Die Journalisten staunten; so ein Krankenhaus gab es nirgendwo auf der Welt. Dem alten Marabu, vorsichtig und vorausschauend, wie er war, sträubten sich ein bisschen die Nackenfedern. Er hoffte inständig, dass das kühne Unternehmen nicht wieder wie ein Kartenhaus zusammenfiele. Aber er wusste inzwischen, Washington Hancock war nicht nur ein guter Bandmanager, er war auch ein zuverlässiger Partner. Monatelang hatten sie in Verbindung gestanden, um das Projekt auf solide Füße zu stellen. Er verließ sich auf sein Urvertrauen und auf seinen Wahlspruch: »Es gibt keine Probleme, nur Lösungen.« Aber er spürte auch, ein Rest Angst würde wohl immer bleiben. Die Sorge, der großen Verantwortung nicht gerecht werden zu können.

Wichtig war bei all dem Tohuwabohu, sich um die Kinder und um die Tiere zu kümmern. Der Marabu erklärte den Ärzten, wie sie mit der Grünen-Mamba-Medizin und Hexanes Zaubertropfen vom Bunten Planeten umzugehen hatten.

Am nächsten Tag kamen die ersten Patienten. Viele waren auch seelisch krank. Die Tiere, die nicht schwer krank waren, halfen den Menschenkindern, gesund zu werden. Einen Hund zu streicheln, eine schnurrende Katze im Arm zu halten, ein Pony zu füttern – das war doch die beste Therapie. Unsere Freunde gingen von Zimmer zu Zimmer, sangen für die Kinder und mit ihnen, und genauso machten sie es bei den Tieren. Wie gut, dass sie sowohl der Sprache der Menschen als auch der Tiere mächtig waren.

Dann wurden sie in die Nichelle Nightingale Show eingeladen, die weltweit bekannte Fernseh-Talkshow. Und die Eisbärband nutzte ihre Chance: Nach dem üblichen Smalltalk spielten sie einen Song, den sie über Nacht extra dafür geschrieben hatten und in dem sie alle Menschen auf der Welt aufriefen, ihre Herzen zu öffnen – und ihre Geldbeutel. Die Kontonummer wurde eingeblendet, die große Nichelle dankte ihren Gästen und wiederholte die Bitte der Eisbärband.

Und auch diese Show wurde im Internet weltweit gesehen. Die Spenden kamen und kamen. Nach zwei Wochen schon hatten sie genügend Geld, ihre zweite Klinik planen zu können. Diesmal in Afrika, ihrer Heimat.

»Kinder, das ist doch das allerschönste Gefühl, das man haben kann – anderen zu helfen.« Die Worte des weisen, alten Marabus trafen alle ins Herz. Wieder flossen die Tränen der empfindsamen grünen Mamba, und diesmal hatte der kleine gelbe Nachtwolf die Schale zur Hand, um die kostbare Medizin aufzufangen.

»Hör nicht auf zu weinen, kleine Mamba«, sagte er zärtlich und streichelte ihren Kopf, »deine Tränen werden gebraucht.«

Das letzte Konzert der Eisbärband mit den Greatful Hippies

Berlin, Waldbühne, die schönste Open-Air-Bühne der Hauptstadt, ein warmer Nachmittag im September.

Die Hippies und die Eisbärband kamen gegen 17h zum Soundcheck. Lilly, in all ihrer silbernen Schönheit, machte es sich auf Kens Wuschelkopf bequem, seinem Heuhaufen.

»Na, Hase«, sie und Ken gaben einander gerne zärtliche Namen, »wie geht's dir?«

Der Riffmeister war heute, wie alle anderen auch, still und ein bisschen traurig. Heute nämlich war der letzte Tag ihrer Welttournee, heute würden sie zum letzten Mal zusammen auf einer Bühne stehen, zum letzten Mal diesen stillen Moment genießen, wenn der letzte Ton von »Sweet Sally« verklungen war. Hinter ihnen lag ein Jahr, in dem die Eisbärband unendlich viel von den junggebliebenen Hippies gelernt hatte. Ein Jahr, in dem die Dschungelkinder und die Greatful Hippies Freunde geworden waren. Die Eisbärband war zu einer großen Band in der internationalen Musikszene gewachsen. Ein kleiner Telefonanruf von Ken mit einer großen Wirkung.

Auch die 22.000 Fans, die gekommen waren, wussten das. Es war eine ganz besondere Stimmung in der Waldbühne. Die Sonne war gerade untergegangen, als die Eisbärband auf die Bühne kam. Sie hatten gelernt, sich nicht bei jedem Song zu verausgaben wie die bekloppten Affen. Noah war unter der Anleitung von Ken und George zu einem super Gitarristen gereift, Kim hatte mit ihm Gesangsübungen gemacht, damit er nicht mehr heiser wurde. Carmine hatte Leo krasse Rolls und Fills beigebracht, und Eagle Sky hatte Mondsüchtig zu einer soliden Bassistin ausgebildet. Auch der kleine gelbe Nachtwolf und Lilly hatten gelernt, wie man auf einem Volksmusikinstrument wie ihrem Waschbrett geile Grooves schrabbeln kann. Moppel trötete wie immer, seine gelegentlich schiefen Töne blieben charmant, weil sie aus seinem Elefantenherzen kamen. Er sollte röhren wie eh und je. Das Publikum liebte sein natürliches Rüsselgebläse.

Die grüne Mamba spielte ihre Triangel wie eine studierte Orchestermusikerin der Berliner Philharmoniker. Sie war ein Naturtalent. Und der weise alte Marabu verblüffte immer noch alle, wenn er beim Soundcheck mal wieder mit einer Mozartsonate brillierte. Aber wenn Leo den ersten Song einzählte, dann rockte auch er wie der Teufel.

Das Publikum forderte heute nicht weniger als fünf Zugaben, bevor es die Eisbärband von der Bühne ließ und die Hippies unter dem gewohnt frenetischen Jubel rauskamen und mit »Gimme Five« ihren letzten Gig eröffneten.

Was soll ich sagen, es war das bewegendste, es war das schönste Konzert der ganzen langen Tournee durch so viele Länder des Blauen Planeten. Und nachdem Ken, Kim und Noah am Ende des Abends »Sweet Sally« gespielt hatten und das Publikum ergriffen und schweigend die Waldbühne verlassen wollte, stimmte Kim Kobra »Rock-'n'-Roll-Nation« an, eine Stadion-Hymne aus alten Tagen.

Und dann kamen sie alle auf die Bühne: Der Marabu ritt auf Moppels Rücken ein, die grüne Mamba hatte sich um Mondsüchtigs Hals geschlungen. Fips, Leo und der kleine gelbe Nachtwolf kamen Hand in Hand, also Pfote in Pfote, und – das war das Größte – alle Roadies, alle Beleuchter und die Tontechniker, alle, die hinter der Bühne für die Musiker ein Jahr lang da waren, sie alle kamen heraus. Die Bühne war voller Menschen und Tiere, die alle sangen. A cappella. Ein riesen Chor.

Aber dann geschah etwas, wovon die Leute noch Jahre später ihren Kindern und Kindeskindern erzählen werden. Hunderte Vögel aus Morats gläsernem Wald flogen über die Köpfe der Zuschauer und ließen Blumen regnen. Im Licht der sich drehenden

Scheinwerferfinger sah das wunderschön aus. Der alte Zauberer hatte es geschafft, alle, die unseren Freunden auf ihrer langen Reise beigestanden hatten, als Trugbilder, sogenannte Hologramme, durch die Luft fliegen zu lassen: die Biber, die Nachtwölfe, sogar die beiden Abraxi-Trolle (da musste der Zauberer wohl etwas falsch verstanden haben), sie alle schwebten inmitten Tausender Glühwürmchen zwischen den gläsernen Vögeln Flatulenzi flatulierte, Meister Klingklang und Hexane waren da. Die schöne Zauberin schwirrte und flirrte um Ken herum – aber eben leider nur als Trugbild.

Und dann kam der Höhepunkt. Wotan schwebte herein in voller Größe und Schönheit, begleitet von Miniaturausgaben der anderen Wale (sonst wäre es zu voll geworden am Himmel über der Waldbühne). 22.000 Fans sangen mit, es war das schönste und fantastischste Konzert, das die Berliner Waldbühne je erlebt hatte. Es war einfach unbeschreiblich. Und nicht nur die grüne Mamba hatte Tränen in den Augen.

Auf der Aftershow-Party rief Kim dann die Eisbärband und die Hippies zu sich. Er gab Noah einen Umschlag und sagte: »Ein kleines Dankeschön der Greatful Hippies für ein wunderbares Jahr mit euch.«

Noah öffnete den Umschlag und zog ein Stück Papier heraus. Es war ein Scheck. Unfähig zu sprechen, reichte er den Scheck dem alten Marabu weiter. Alle kamen näher, lasen und waren ebenso sprachlos. Auf dem Scheck stand eine Fünf mit unglaublich vielen Nullen dahinter.

»Ein kleiner Beitrag für eure Krankenhäuser«, sagte der Frontmann der Hippies bescheiden.

Noah brachte endlich ein leises »Danke!« heraus, und dann fielen alle über die Hippies her und erdrückten sie fast.

Wenn eine große Sache zu Ende ist, dann fällt man in ein Loch. Plötzlich ist alles anders. Alle gehen auseinander, jeder in sein Leben, viele sehen sich nie wieder. Was aber bleibt, ist die Erinnerung an eine schöne Zeit, an Freundschaften, von denen manche sogar Zeit und Raum überdauern.

»Time to say goodbye, brother.« Ken umarmte Noah. Er nahm die achtbeinige Silberkrone aus seinem Heuhaufen und übergab

sie ihm. »Pass gut auf sie auf, mein Freund. Und denk immer dran, du bist einzigartig, bleib dir treu. Und …«, er stupste dem großen Bären den Zeigefinger auf die Brust, »dein neues Riff, das übst du noch ein bisschen, okay? Das klingt immer noch nach Ken Kobra; ich will aber ein Noah-Riff hören. Mach mal deine Augen zu.«

Noah schloss die Augen. »Und jetzt?«

»Kannst du sie wieder aufmachen.«

Noahs Augen wurden riesengroß vor Überraschung. »Wow, für mich?« Ken hielt die Wundergitarre vom Bunten Planeten in den Händen und hängte sie Noah um.

»Verlass dich aber nicht auf die Zauberei von unserm Freund Klingklang. Die wahre Kunst kommt nur aus dir selber. Bleib wahrhaftig. I love you, my big bear.«

Damit drehte er sich um und ging.

Die Suche nach Mama Eisbär

»Und nun?« fragte Fips und sah seinen Freund an.

»Was nun?« fragte Noah zurück. Sie saßen am Strand und schauten in die Dunkelheit.

»Weißt du, wo wir sind?« fragte Fips weiter.

»Nö, am Meer, nehm ich an. Ich sehe Wellen, es muss ein Meer sein, ein Ozean, irgendein großes Wasser.« Noah legte sich auf den Rücken, verschränkte die Vordertatzen hinterm Kopf und schaute in den Sternenhimmel. Da oben, in der Nähe vom Orion war der Bunte Planet. Aber was heißt schon Nähe im unendlichen Weltall, wo der nächste Stern Millionen Kilometer entfernt ist. Sie waren ein Jahr durch die Welt gezogen mit den Greatful Hippies, und auch vorher waren sie ja unentwegt unterwegs gewesen.

»Ich wache manchmal auf und weiß überhaupt nicht, wo ich bin, Fips.«

»Geht uns allen so.« Der kleine Affe legte seinen Arm um den Freund. »Ich denke gerade daran, wie ich dich an unserem Meeresstrand gefunden hab damals. Mit einer Beule am Kopf.«

»Ich bin froh, dass du mich gefunden hast«, Noah zählte die Sterne des Orion, »und ich bin froh, dass du mein erster Freund in der neuen Welt geworden bist, du lustiger Affe, du. Es sind immer noch acht.«

»Acht was? Wovon redest du?«

»Von den acht Sternen des Orion. Und Master Marabu kannte all ihre Namen.«

»Welche Namen kannte ich denn, mein Kleiner?« Der alte Marabu war zu den beiden getippelt und rauchte eine Zigarre. Mit seinem altmodischen Kneifer und der fetten Cohiba im Schnabel sah der Storch ziemlich komisch aus. Immer noch nannte er den groß gewordenen Bär »mein Kleiner«.

»Wir zählen mal wieder die Sterne des Orion«, sagte Fips, »es sind immer noch acht. Lilly hatte recht.«

»Was macht ihr denn hier draußen, ihr beide? Sterne zählen?«

»Ui, da ist wieder eine Sternschnuppe«, unterbrach Fips den Alten, »schon die fünfte.«

»Jetzt fallen besonders viele«, der Marabu wusste wieder mal alles. »Da, die nächsten ...« Es sah schön aus, ein richtiger Regen von verglühenden Himmelskörpern. »Man muss sich etwas wünschen, während so ein kleiner Meteor fällt.« Er hatte kaum ausgesprochen, als wieder zwei Sternschnuppen den Nachthimmel durchzogen; beide hinterließen besonders lange Leuchtspuren.

Alle drei schwiegen. Eine halbe Minute herrschte Stille. Dann drehte Fips seinen Kopf zu Noah und murmelte: »Ich weiß, was du dir gewünscht hast.«

»Ich weiß es auch«, sagte der alte Marabu. »Es ist Zeit. Ich hole jetzt die anderen, und dann machen wir einen Plan.«

Ich glaube, auch wir wissen, was Noahs Wunsch war. Der Marabu brachte alle zum Strand. »So Kinder, hört zu.« Er musste ein wenig lauter reden, die Brandung war stärker geworden, die Wellen rollten heran und brachen kurz vor dem Strand. Alle schauten erwartungsvoll ihren Master an. Der Marabu schüttelte seine Federn, breitete die Schwingen aus und klappte sie wieder ein. Das machte er immer, wenn er etwas Wichtiges zu sagen hatte. »Es ist Zeit, zum Ziel zu kommen. Was war denn unser Plan, als wir aufgebrochen sind von Afrika vor langer Zeit?« Er schaute die Freunde an und wartete.

»Wir wollten zum Nordpol«, sagte Leo.

Liebevoll streichelte Moppel mit seinem Rüssel Noahs Kopf. »Wir haben die Tour beendet, wir haben unser erstes Krankenhaus eröffnen können …«

»… und das zweite ist im Aufbau«, hauchte Mondsüchtig.

»Genau«, sagte der Marabu, »wir wollten zum Nordpol und Noahs Mama suchen! Aber wir brauchen Hilfe, und die holen wir uns jetzt. Seid mal einen Moment ganz still.« Er schloss die Augen, murmelte vor sich hin, und nach einer Minute erschien Hyazinthe.

»Wusst ich, dass er sie holt«, flüsterte Fips, »Mann, wie aufregend, es geht los.«

»Also, ihr Lieben«, sagte der Engel. »Es ist kein leichtes Unterfangen, aber wir werden es schaffen. Ihr fliegt nach Norwegen und wartet dort, bis ich euch hole.«

»Ist denn Spitzbergen nicht besser? Ist doch näher am Nordpol.« Fips hatte zwar in Erdkunde aufgepasst, aber eines hatte niemand bedacht, nicht mal der weise Marabu, als sie damals den kühnen Plan fassten, die Mama zu suchen. Sie würden als Dschungelkinder die Temperaturen am Nordpol gar nicht aushalten können; sie wären in weniger als einer Stunde erfroren.

Hyazinthe gab zu bedenken, dass ihr Entfernungen völlig egal seien, sie könnte Mama Eisbär auch hierher an den warmen Strand der Karibik holen, aber da wäre es ihr mit Sicherheit viel zu warm. Noah habe sich ja inzwischen jeder Temperatur angepasst. »Ihr wartet also am besten an einem Ort, der für euch und für die Mama erträglich ist, und das ist jetzt Ende September der Norden Norwegens. Ich habe schon mal einen Testflug gemacht und nach deiner Mama Ausschau gehalten. Ich hab auch eine ganze Menge Eisbären gesehen. Noah, du warst ja noch so klein, als du in den Atlantik gefallen bist damals. Aber hast du vielleicht irgendeine Erinnerung, wie deine Mama aussah?«

Noah zermarterte sein Hirn, er versuchte, sich das Gesicht seiner Mama vorzustellen, die Bilder und die Bruchstücke der Erinnerung vor seinen Augen aufzurufen. »Sie hatte ein weißes Fell, glaub ich.«

»Hm, alle Eisbären haben ein weißes Fell. Du ja auch.«

»Und eine schwarze Zunge.«

»Wie du. Wie alle Eisbären.«

»Och Mann, es ist so schwer, sich zu erinnern.« Er tapste nervös im Kreis herum. »Halt, Moment. Ich hab was. Sie hatte so ein komisches Ohr.«

»Aha, ein komisches Ohr. Wie komisch denn?«

»Na, so ein, so ein, so ein komisches Ohr eben. Ich glaube, sie musste mal mit einem anderen Eisbär kämpfen, und der hatte ihr Ohr zerfetzt.«

»Heureka!« warf der alte Marabu ein. »Das ist doch schon was, Hyazinthe. Da brauchst du ja nur eine Eisbärin mit einem komischen Ohr zu finden. Ein Kinderspiel für dich.«

»Natürlich, Master Marabu, ein Kinderspiel. Eine Eisbärin mit einem komischen Ohr. Also gut, ich fliege mal los. Bye-bye!, ich finde euch.« Und damit hob sie ab und verschwand in der Nacht.

»Na, dann lasst uns auch aufbrechen. Sind alle da?« Der Marabu schaute in die Runde,

»Moment, wo ist Lilly?« fragte die grüne Mamba. Lilly fehlte. Alle machten sich auf die Suche. Und suchten und suchten. Was für eine Aufregung.

Der alte Marabu schüttelte nervös sein Federkleid. »Aua«, hörten sie plötzlich eine Stimme piepsen. Lilly hatte tatsächlich die ganze Zeit unter dem linken Flügel des Alten fest geschlafen und war eben rausgefallen und auf den Boden geplumpst. Fips hob die verschlafene Silberkrabbel behutsam auf und übergab sie dem kleinen Nachtwolf. Sie klammerte sich in sein gelbes Fell und schlief sofort wieder ein. Nun war die ganze Bande vollständig, die große Reise konnte beginnen.

Der Marabu berechnete die Koordinaten des Zielortes im Norden Norwegens und öffnete den Energiekanal. Die Reise war kurz wie immer, und als sie am Strand in Norwegen landeten, zählte der Alte, ob auch alle mitgekommen waren. Alle waren da und wohlauf.

Nun schauen wir mal, wie es Hyazinthe ergangen ist. Hyazinthe flog über die einsame Schneelandschaft des nördlichen Polarkreises. Felsen ragten heraus und Eisberge, Eisschollen schwammen auf dem Meer, und hin und wieder sah sie einen Eisbär auf der Jagd nach Robben. »Wie schön«, dachte sie sich, »es gibt sie noch, die Eisbären. In ein paar Jahren werden sie verschwunden sein, wenn die Menschen weiterhin dem Blauen Planeten mit ihrer Unachtsamkeit und Geldgier Schaden zufügten und durch Abgase und Brandrodungen die Temperaturen steigen ließen, so-dass das Eis noch mehr schmelzen würde und diese wunderschö-nen Tiere keinen Lebensraum mehr fänden.«

Die ersten Bären, die sie sah, hatten wunderbar gleichmäßige Ohren. Sie suchte weiter. Da sah sie einen kleinen Eisbär, der mit seiner Mutter spielte. Sie genoss den Anblick, flog langsam näher, und da sie unsichtbar war, wurde die Bärin nicht unruhig. »Heu-reka«, wie der alte Marabu sagen würde, »gefunden«. Die Bärin hier hatte tatsächlich ein komisches Ohr. Das könnte sie sein.

Aber was nun, wie könnte sie sich verständigen mit ihr? Sie könnte Noah herholen, aber der war inzwischen ein großer Mann geworden, und männliche Eisbären werden auch schon mal gefährlich für kleine Babys; die Bärin würde ihn sofort als Be-drohung für ihr Junges ansehen und ihn möglicherweise sogar angreifen. Eine verzwickte Situation. So weit hatte sie nicht vor-ausgeplant. Sie musste Morat fragen. Er würde Rat wissen.

Und schon war der Zauberer an ihrer Seite. »Ich habe einen Plan«, sagte er, »ich kann nur hoffen, dass er funktioniert. Mütter erkennen ihre Kinder immer wieder. Auch noch nach Jahren. Wir müssen schauen, wie sie reagiert.«

Er verwandelte sich langsam in den kleinen Noah, das Eisbär-baby, das vor zwei Jahren verschwunden war. Ein gewagtes Unter-fangen. Wenn es die Bärin als Eindringling angreifen würde, dann müsste sich der Zauberer sofort retten und unsichtbar werden.

Und so fiepte er leise: »Mama.«

Hyazinthe beobachtete, wie die Bärin ihr gesundes Ohr spitzte.

»Mama«, der Zauberer kam als der kleine Noah vorsichtig hin-ter dem Felsen hervor und schaute »seine Mutter« an. »Warum warst du so lange fort?«

Das Baby der Mama kam sofort auf den neuen Eisbär zu und beschnüffelte ihn. Es war ein Mädchen, eine Schwester. Die Bärin stutzte, wurde aber nicht aggressiv. Sie blieb ruhig und zog die Luft ein durch die Nase, als wollte sie den Duft des Neulings prüfen. Würde das Experiment glücken, würde sie ihren verlorenen Sohn wiedererkennen?

Langsam kam sie auf ihn zu. Dem Zauberer, in Gestalt von Baby Noah, klopfte das Herz. Selbst für ihn war das eine hochgefährliche Situation. Ein Schlag ihrer Tatze, ein Biss, es wäre aus mit ihm. Doch dann geschah es: Sie legte sich auf die Seite, als wollte sie ihn auffordern zu trinken.

Hyazinthe konnte sich ein Lachen nicht verkneifen. Würde der alte Zauberer tatsächlich die Zitzen der Bärin annehmen und trinken? Eine schöne Geschichte, die man später immer wieder erzählen konnte. Der mächtige Zauberer Morat, der Herr des gläsernen Waldes, dem keine Zauberei fremd war, er lag mit einem kleinen Eisbärmädchen Seite an Seite im arktischen Schnee und ließ sich von einer Eisbärmutter stillen wie ein Baby. Wie würde er hier wieder herauskommen, wie sollte das jetzt weitergehen?

Morat überlegte. Durch Gedankenübertragung verständigte er sich mit Hyazinthe, die immer noch ein Lachen im Gesicht hatte. »Hör zu«, sagte er, »wir brauchen den alten Marabu, er spricht die Sprachen aller Tiere. Ich muss gestehen, er spricht sie sogar besser als ich. Er kann aber nicht herkommen, ihm würden ja hier sofort alle Federn abfallen in der Kälte. Ich bringe die Mutter und ihr Baby zu unseren Freunden nach Norwegen.«

Und während er in Gedanken mit Hyazinthe sprach, hörte er nicht auf zu trinken. Es sah zu putzig aus, wie der Zauberer als Baby Noah da an der Bärin saugte. »Jetzt hör doch endlich mal auf zu lachen, Mädchen, ich weiß selber, wie komisch ich hier aussehe.«

Hyazinthe ließ ihr Lachen einfrieren. Jedenfalls äußerlich. Dann wies der Zauberer sie an loszufliegen. »Master Marabu muss sie auf das Wiedersehen vorbereiten, diesmal mit dem richtigen, dem kleinen, verwirr mich nicht, also, unserem Freund, dem großen Eisbär, verstehst du.«

»Ich hab alles verstanden, bye-bye und guten Appetit weiterhin.« Damit hob sie ab und flog kichernd Richtung Norwegen.

Die Eisbärband hatte es sich an einem Lagerfeuer gemütlich gemacht. Die Temperaturen waren ja hier im Norden Norwegens im Spätsommer nicht wirklich kuschelig für unsere Dschungelkinder, obwohl sie sich auf ihren Reisen doch schon ein bisschen daran gewöhnt hatten, dass es nicht nur tropische Wärme gab auf dem Blauen Planeten.

Als Hyazinthe erschien, schnatterten sie wieder wie ein aufgescheuchter Hühnerhaufen – um den Begriff aus dem Wortschatzkästchen des alten Marabus zu gebrauchen – und wollten wissen, ob sie Mama Eisbär gefunden hätte.

»Ja Noah, ich hab deine Mama gefunden. Master Morat wird sie gleich zu dir bringen.«

Der Bär schluckte vor Aufregung. Endlich, nach all den Jahren, würde er seine Mama wiedersehen. »Danke, Hyazinthe. Aber wird sie mich wiedererkennen, so groß wie ich geworden bin?«

»Genau das ist der Punkt.« Sie wollte nicht gleich die Geschichte von Morats Verwandlung in Baby Noah erzählen. »Master Marabu muss sie erst einmal allein treffen, er muss sie vorbereiten auf dich. Aber, Überraschung, sie wird jemanden mitbringen, deine kleine Schwester.«

»Ich hab doch gar keine Schwester.«

»Jetzt hast du eine, sie ist sehr niedlich.« Sie wandte sich an den alten Marabu: »Kommt, sie werden gleich hier sein.« Sie nahm ihn mit zu einer entlegenen Stelle. Unterwegs weihte sie den Alten ein. Er begriff sofort, was zu tun sei. Es wurde spannend.

Sie schauten beide aufs Meer und warteten. »Sie kommen«, sagte Hyazinthe plötzlich und machte sich unsichtbar.

Morat ließ die Mama und das Baby etwa zehn Meter vor dem Marabu erscheinen. Vorsichtshalber hatte er den Hauch des Vergessens ausgebreitet über beide, sodass sie sich nicht an die Posse mit dem falschen kleinen Noah erinnern konnten. Am liebsten hätte er das ja auch mit Hyazinthe gemacht, aber bei Engeln war dieser Zauber wirkungslos.

Argwöhnisch nahm die Bärin Witterung auf. Allerdings konnte der Marabu nicht erkennen, was in ihr vorging. Er ging langsam auf sie zu und sprach sie an. »Habt keine Angst. Ich komme als Freund. Ihr habt vor langer Zeit ein Baby verloren, einen kleinen Sohn. Wahrscheinlich dachtet Ihr all die Jahre, er sei tot.« Er tippelte ein paar Schritte auf sie zu. Sie blieb ruhig. »Euer verlorener Sohn ist nicht tot, er ist sogar sehr lebendig, und er ist inzwischen ein prächtiger großer Eisbär geworden. Er ist hier, wollt Ihr ihn sehen?«

Die Bärin zeigte keine Regung, sodass der Marabu nicht wusste, ob sie ihn verstanden hatte. »Bleibt ruhig, er kommt zu Euch.« Hyazinthe und der Marabu verstanden einander auch ohne Worte, also war sie schon unterwegs mit Noah.

Als die Bärin ihn sah, geschah genau das, was sich Morat erhofft hatte. Sie ging auf ihren großgewordenen Sohn zu, beschnupperte ihn, und dann leckte sie mit ihrer schwarzen Zunge zärtlich sein Gesicht wie damals, als er noch klein war. Sie sah nicht nur keine Bedrohung in dem männlichen Eisbär für ihr Baby, es war offenkundig, dass sie ihn als ihr Kind erkannte.

Noah wurde ganz warm ums Herz. Und dann ließen sich die beiden riesengroßen, wunderschönen Bären fallen und rollten eng umschlungen am Boden herum. Hyazinthe hatte inzwischen die Freunde geholt, die gerührt zusahen. Und als Noah seine Baby-Schwester hochhob und einen Kuss auf ihr Gesicht drückte, öffneten sich alle Schleusen; der kleine gelbe Nachtwolf wusste gar nicht mehr, wie er all die Grüne-Mamba-Medizin auffangen sollte, die so reichlich floss.

Um es kurz zu machen: Noah erzählte seiner Mama, was er erlebt hatte, seit er im Schmerz in den Nordatlantik gefallen war. Seine Schwester jedoch war viel zu klein, um all das zu verstehen; sie war in den Armen ihres großen Bruders eingeschlafen.

Zwei Tage noch blieben sie zusammen, dann wurde das Baby matt, und es schien, als würde es krank. Es war zu warm für die Nordpolbären, aber ungemütlich kühl für die Afrikaner.

Moppel rieb seinen Rüssel an Noahs Rücken und trötete: »Du hast doch auch so einen Pelzmantel an, und dir ist es nie zu warm. Wie hast du das eigentlich geschafft, dich daran zu gewöhnen?«

»Weiß ich gar nicht mehr. Wahrscheinlich, weil ich bei euch bleiben wollte.«

Der Abschied fiel allen schwer. Hyazinthe und Morat brachten Mama Eisbär und die kleine Schwester zurück zum Polarkreis, dahin, wo die Eisbären hoffentlich noch sehr lange leben konnten. Noah versprach ihnen, sie bald wiederzusehen, aber er wusste, er gehörte zu seiner Band, er gehörte zu seinen Freun-

den. Und er wünschte sich, dass sie immer zusammenbleiben würden.

Alle nahmen ihn in die Arme. Sie sahen, dass er traurig war.

»Und nun?« fragte Fips und sah seinen Freund an.

Und Noah rief so laut, dass man es noch auf dem Bunten Planeten hören konnte: »Wir machen weiter als Eisbärband und rocken die Welt!«

ZWEI JAHRE SPÄTER

Die Blockflöten vom Bunten Planeten

Die große Flügeltür öffnete sich langsam, und hinter dem alten Marabu trug ein Hoteldiener eine Kiste ins Zimmer. Der Alte gab ihm ein Trinkgeld und wartete, bis sie allein waren.

Die Eisbärband war am Wochenende wieder mal im berühmten Pariser »Olympia«, wo nur die Besten spielen dürfen, von Tausenden Fans gefeiert worden. Es war Sommer, und alle freuten sich auf ein paar freie Tage bis zum nächsten Gig in Hamburg.

So, was war denn nun in der geheimnisvollen Kiste? Langsam hob der Marabu den Deckel und alle schauten hinein.

»Blockflöten?« Die Freunde waren geschockt. »Was sollen wir denn damit, Master Marabu?« Fips brachte es auf den Punkt: »Wir sind Musiker. Und Musiker spielen keine Blockflöten!«

Und ausgerechnet Lilly flötete trotzig: »Rockmusiker schon gar nicht!«

Der Alte wartete, bis sich der Protest gelegt hatte, dann verteilte er die ungeliebten Klanghölzer. Mondsüchtig bekam die große Bassblockflöte, nahm sie zwischen die Vorderhufe und blies hinein. Mhm, klang nicht unangenehm. Auch Leo war mit seiner Tenorflöte nicht mehr ganz so unglücklich. Aber als die anderen in ihre Sopranblockflöten bliesen, war's nicht mehr zum Aushalten. Und als dann Lilly auch noch die ihr zugedachte Piccoloblockflöte ansetzte, da war's ganz aus. Alle fiepten und quiekten durcheinander, um ihrem Master zu beweisen, dass Blockflöten so was von uncool sind.

Der Marabu lächelte weise und wartete, bis sich der Lärm gelegt hatte. »Nicht so voreilig, Freunde. Ich kann ja verstehen, dass ihr nicht begeistert seid, aber …«, er machte eine Kunstpause, »wir werden ein kleine Reise tun und die Flöten veredeln lassen. Wohin könnte die Reise denn gehen?«

»Zum Bunten Planeten!« riefen alle im Chor.

»Genau. Und nun macht mal unser Luftschiff klar.«

Wie immer in Paris wohnten sie im piekfeinen Hotel »Ritz«, und wie immer hatte der Direktor die Präsidentensuite mit Stroh auslegen und duftende Lavendelblüten aus der Provence darüberstreuen lassen. Natürlich waren sie Ehrengäste des Hotels und brauchten nichts zu bezahlen. Die Einladung nahm der Marabu immer sehr gerne an, ging doch jeder Euro, den sie verdienten, in ihre Krankenhäuser. Sie machten den riesigen Perserteppich frei und stellten sich drauf. Selbst Noah und Moppel passten auf das edle Gewebe. Alle hielten ihre Flöten fest, dann klapperte der alte Marabu dreimal mit dem Schnabel, und, Überraschung, Hyazinthe erschien.

»So ganz ohne ihre Hilfe sollten wir eine so weite Reise durchs Weltall auch dieses Mal nicht wagen. Wer weiß, in welchen Galaxien wir uns verirren würden, Kinder«, gab der Alte unumwunden zu. Hyazinthe warf ihre Magie an, und der fliegende Teppich schwebte durch den Energiekanal aus der Balkontür auf und davon ins Weltall.

König Flatulenzi war diesmal noch aufgedrehter, seine fröhlichen Flatulenzen flatterten nur so heraus, und er lachte sich selber kaputt darüber. »Ich bin überglücklich, euch zu sehen. Was kann ich Gutes für euch tun, meine hochgeliebten Erdlinge?« sprudelte es aus ihm heraus, gefolgt von einem besonders liebevollen Hinterwind.

»Wir freuen uns ebenso, Majestät«, erwiderte der Marabu, verkniff sich allerdings eine windige Erwiderung. Fips, das ist ja klar, versuchte, Flatulenzis Tiraden mit einem ebenfalls fröhlichen Gewitter noch zu übertreffen. Alle lachten, es war genau wie bei ihrem ersten Besuch damals, man fühlte sich furzpudelwohl.

»Majestät, wir haben eine Bitte, die uns nur Meister Klingklang erfüllen kann.« Flatulenzi stellte keine unnötigen Fragen, er bestieg mit seinen Gästen das königliche Schmetterlingsboot, das auf dem silbernen Fluss dahinglitt, bis sie das vertraute Haus erreichten.

Der Klangzauberer begrüßte sie freundlich wie beim letzten Mal. »Was kann ich denn heute für euch tun, meine Erdlinge, was seid ihr noch mal?« Er versuchte, sich zu erinnern, »Rockmusiker, nennt ihr euch auf dem Blauen Planeten, stimmt's?«

Alle nickten. Sie hatten großen Respekt vor Meister Klingklang und hielten ihm ihre Blockflöten hin. Klingklang blies in Fipsens Sopranflöte. »Was ist das denn?« Er schüttelte fassungslos den Kopf. »Was macht man denn damit auf der Erde?«

Der Marabu erklärte: »Naja, in der Barockzeit hatte unser großer Johann Sebastian Bach wunderbare Kompositionen für Blockflöten geschrieben. Aber heute werden mit diesen Blasrohren die Schulkinder getriezt.«

»… ge-was?« wollte Klingklang wissen.

»Ge-peinigt«, platzte Fips heraus, »könnt Ihr die Dinger bitte veredeln, Meister, damit sie irgendwie cooler klingen?«

Klingklang nahm die große Bassflöte, die Mondsüchtig mit spitzen Hufen von sich hielt, blies hinein, brummte etwas und sammelte alle anderen Erdenflöten ein.

»Und was ist mit dir, Lilly? Du heißt doch Lilly, stimmt's?« Lilly errötete und freute sich, dass der große Soundbastler sich ihres Namens erinnerte.

»Wo ist denn deine Flöte, Kleine?«

Oh Schreck. »Ich glaub, ich hab sie im Hotel liegen lassen. Aus Versehen. Tut mir leid, Master Marabu.« Alle grinsten und dachten sich ihren Teil. Von wegen »aus Versehen«.

Auch Klingklang musste lächeln, er sah in Lillys kleines Tarantelherz hinein und beugte sich hinab zu ihr. »Na gut, meine kleine Silberkrabbel, dann geb ich dir eben eine Zirpe.«

»Eine was, bitte?« fragte Lilly schüchtern.

»Eine Zirpe. Das ist genau das richtige Instrument für dich.« Damit griff er in eine Schublade und holte ein kleines Ding heraus, das aussah wie eine bayrische Maultrommel. »Versuch's mal.«

Lilly nahm die unscheinbare Konstruktion in die Hand, als die Zirpe plötzlich in allen Farben leuchtete und wie von selbst die hübschesten Töne von sich gab, die an zirpende Grillen im Sommer auf der Erde erinnerten. Nur lauter, wie ein Klangteppich aus hundert Stimmen. Eine perfekte Untermalung auf der Bühne. Lilly hüpfte mit allen acht Beinen hoch und küsste Klingklang auf seine Knollennase, die sofort ebenfalls in allen Farben funkelte. »Danke, Meister, danke.«

»So, und nun zu euch. Wie lange bleibt ihr denn, meine Guten? Um alle sieben Flöten zu bearbeiten, brauch ich drei Erdentage.«

»Wird knapp, aber okay. Wir bleiben so lange hier und schauen mal bei unserer schönen Freundin Hexane vorbei. Wir müssen dringend noch ein paar Zaubertropfen mitnehmen.«

»Yeah«, freute sich Fips, »let's go to Sexy Hexy!«

Flatulenzi hatte das Ganze belustigt und fröhlich knatternd verfolgt und segelte die Freunde zum Zaubergarten. Hexane sah sie von Weitem kommen und rief ihnen einen Willkommensgruß zu. Sie sah enttäuscht aus, offenbar vermisste sie ihren Gitarrero. Hyazinthe hatte auf der Reise zum Bunten Planeten einen kleinen Stern am Wege gepflückt. Sie umarmte die schöne Hexe und sagte lächelnd: »Das ist ein Geschenk für Euch, Meisterin, mit einem Gruß von Ken.«

Fast schien es, als ob die Zauberin errötete, sie freute sich jedenfalls sichtlich und rief aufgeräumt: »Die Kürbisse sind reif, füllt so viele Flaschen, wie ihr tragen könnt. He, kleine Silberkrabbel, du hast da ja eine ganz seltene Zirpe, heut spielst du ein Lied für mich.«

Lilly blickte erschrocken zu Fips. Der griff in sein angewachsenes Akkordeon und half seiner kleinen Bandschwester aus der Verlegenheit. Er legte los, und Lilly gab ihr Bestes, ihre neue Zirpe zum Klingen zu bringen. Alle sangen mit, klatschten mit, es hätte nicht viel gefehlt und die schöne Hexe hätte zu tanzen begonnen. Dann pflückten sie die reifen Kürbisfrüchte und gossen den kostbaren Saft in die Gefäße, die Hexane ihnen schenkte. Medizin, die tröpfchenweise helfen würde, eine Menge Kinder und Tiere von allerlei bösen Krankheiten zu heilen.

Nach zwei schönen und fröhlichen Tagen, die ihnen Flatulenzi und sein Hofstaat bereiteten, indem sie die Freunde an wundersame Orte brachten, die zu sehen sie bei ihrem früheren Besuch

keine Zeit gehabt hatten, segelten sie wieder zu Meister Klingklang zurück, der ihnen die veredelten Blasinstrumente aushän-
digte.

»So, nun zeigt mal, was ihr könnt.«

»Wie denn? Wir können doch noch nicht spielen.«

»Doch, ihr könnt. An die Lippen damit«, befahl der Meister.
Und oh Wunder des Bunten Planeten, wie einst bei Ken Kobras
Gitarre, sie brauchten nur zu denken, schon kamen die Töne.
»Fühlt die Musik mit dem Herzen, und die Flöten werden euch
folgen.«

So war es. Genau so. Die Melodien nahmen den Klang an, den
jeder fühlte, es war wieder wie im Märchen. Die wundersame
Welt des Bunten Planeten kam voll zum Klingen. Lilly legte mit
ihrer Zirpe den Klangteppich darüber.

Alle waren glücklich, umarmten und dankten Meister Klingklang. Der konnte es sich nicht verkneifen, Lilly zu ermahnen,
gut auf ihre Zirpe aufzupassen und sie nicht etwa »aus Versehen«
liegen zu lassen.

Weil die Zeit drängte, bestiegen sie umgehend ihren Perserteppich aus dem »Ritz« und winkten ein fröhliches Goodbye, was
Flatulenzi mit den wohlbekannten Tönen erwiderte. Dann schuf
Hyazinthe den Energiekanal, der sie durchs unendliche Weltall
zurück nach Paris brachte.

Sie lieferten ihren Perserteppich ab im »Ritz«. Inzwischen hatten die Putzdamen bereits das Stroh und die Lavendelblüten aus-
geräumt und sich gewundert, wo das edle Gewebe geblieben war.

Dann reiste die Eisbärband umweltfreundlich durch den Energiekanal nach Hamburg. So hatten sie es seit dem Ende der Welttournee mit den Greatful Hippies immer gemacht. Es wunderte
sich inzwischen niemand mehr über die Hexerei. Unsere Freunde
hatten es geschafft, ihr Geheimnis zu bewahren.

Das Konzert in Hamburg lief so schön wie immer, als der
Marabu sagte: »Liebe Freunde, liebe Kinder, meine Damen und
Herren. Wir haben jetzt einen ganz besonderen Song für euch.«
In Leos Flöte hatte Meister Klingklang ein ganzes Schlagzeug
programmiert, der kleine Leopard setzte das Instrument an die
Lippen und Boom, cha da Boom, Boom cha da Boom, es klang

und groovte überirdisch. Besser als jeder Beatboxer. Alle ehedem so ungeliebten Blockflöten machten aus der Eisbärband eine rockende Bigband.

Dann ging der Song über in eine langsame Ballade. Alle hatten ihren persönlichen Sound. Und darüber lag der auf Erden nie gehörte Klangteppich aus Lillys Zirpe. Kein noch so versierter Programmierer hätte einem Computer derart unwirklich schöne Klänge entlocken können. Das Publikum war wie verzaubert. Man war entrückt und still. Es war wie bei »Sweet Sally« damals auf der Welttournee.

Aber die Band konnte ja das Publikum mitten im Konzert nicht so runterbringen. Nach einer andächtigen halben Minute – und das ist eine lange Zeit, wenn man auf der Bühne steht – nach einer halben Minute klickte Leo seine dicksten Drumsticks zusammen, röhrte so laut er konnte: »ONE – TWO – ONE TWO THREE«, und die Band knallte den Fans in der Hamburger Imtech-Arena die krachendste Nummer um die Ohren, die sie auf dem Zettel hatte.

Ken saß in seinem Haus in den Hollywood Hills von Los Angeles, als er im Internet die Videoclips vom Konzert der Dschungelrocker in Hamburg entdeckte. Er rief seinen Hund zu sich. »Hörst du's Elvis? Sie waren mal wieder oben.« Dann griff er nach dem Handy, betrachtete ein bestimmtes Foto, das er auf dem Bunten Planeten gemacht hatte, nahm die Gitarre und spielte eine wunderschöne Rockballade, in der gefühlte einhundert Mal der Name Hexane vorkam. Elvis legte ihm zärtlich den Kopf aufs Knie.

Ken stellte die Gitarre zurück in den Ständer, ging zum Schallplattenregal, das die ganze Breite der Wand einnahm und legte seinen Lieblingssong von der Eisbärband auf den Plattenteller. Natürlich eine satte Vinylscheibe. Dann drehte er den Lautstärkeregler bis zum Anschlag und ließ es krachen. Der Hund floh jaulend in den Garten.

Doch Ken ließ sich aufs Sofa fallen und schwelgte in seliger Erinnerung an das wunderbare Jahr mit seinen Freunden von der Eisbärband.

Worterklärungen

Adrenalin – pumpt durch den Körper, wenn man in Fahrt ist

African American – korrekter Begriff für amerikanische Schwarze

Akkord – unterschiedliche Töne, die gleichzeitig gespielt werden und als Harmonie klingen. Also, wenn man am Klavier mindestens drei Töne gleichzeitig drückt, erklingt ein Akkord. Auch wenn's vielleicht schräg klingt, ist es trotzdem ein Akkord

Alice Cooper – amerikanischer Schock-Rock Musik er

Amigos – spanisch: Freunde

Arche Noah – aus der Bibel: Das große Schiff, das ein Mann namens Noah baute, um die Tiere vor der großen Sintflut zu retten.

Arena – großer Veranstaltungsort, Fußballstadion

Arie – ein solistisch vorgetragenes Gesangsstück in der Oper

Johann Sebastian Bach – Komponist des Barock, lebte von 1685 bis 1750

backstage – der Bereich hinter der Bühne

Ballade – hier: langsamer Song, in dem meist eine Geschichte erzählt wird

Barock – Epoche in der europäischen Kunstgeschichte, die etwa von 1575 bis 1770 dauerte

Barten – die Zähne der Wale

Basstrommel, Bass Drum – die große Trommel des Schlagzeugs, die oft in die Magengrube geht

Beamen – Begriff aus STAR TREK. Körper werden in Energie verwandelt, irgendwohin transportiert und wieder zusammengesetzt. Eine wunderbare Art, schnell und weit zu reisen

Blogger – Herausgeber oder Verfasser von Beiträgen im Internet

Blues – Musikstil, Mutter des Rock 'n' Roll

Bumerang – Wurfholz der australischen Ureinwohner, der Aborigines. Geschickt geworfen, kehrt er zum Werfer zurück

Bourbon Street – eine Straße in New Orleans mit vielen coolen Musikclubs

Bratsche – die größere Schwester der Violine

Charme – Liebreiz. Sollte man haben. Wer möchte schon uncharmant sein?

Club – Lokal, in dem Musiker auftreten. Alle Bands spielen erst mal in kleinen Clubs

Containerschiffe – Schiffe, die ihre Ladung in großen Metallbehältern (Containern) über die Meere schippern

Countdown – hier etwa das Herunterzählen der Minuten vorm Konzert (oder an Silvester die letzten zehn Sekunden, bevor das neue Jahr beginnt)

Crew – Mannschaft

Detail – kleiner Teil vom großen Ganzen

Dezibel – physikalische Maßeinheit für den Schall, 100 Dezibel ist LAUT

Downtown – Stadtzentrum

Dozieren – hier: belehren

Drummer – Trommler, Schlagzeuger, meist der Lauteste in der Band

elektrisiert – hier: begeistert

Energiekanal – das ist der »Kanal«, durch den der weise, alte Marabu die anderen »beamed«

Equipment – Ausrüstungsgegenstände, hier: alles was, man auf einer Tournee braucht

Fata Morgana – eine Luftspiegelung, die durch Ablenkung des Lichts an unterschiedlich warmen Luftschichten entsteht

Fills – kleine musikalische Tonfolgen zwischen zwei musikalischen Phrasen

Flatulenzen – Darmwinde, Blähungen, Furzen

Fontäne – hier: der Wasserstrahl, den Wotan senkrecht in die Luft bläst

forever – für immer

French Quarter – malerisches Viertel in der Altstadt von New Orleans. Die Hafenstadt wurde 1718 von den Franzosen gegründet. Daher: das »französische Viertel«

Funky Pirate Blues Club – populärer Club auf der Bourbon Street in New Orleans

galant – nett und zuvorkommend gegenüber weiblichen Wesen

Galaxie – eine Weltraum-Familie von Himmelskörpern, die in irgendeiner Weise zusammengehören. In unserer Galaxie kreist die Erde mit den sieben anderen Planeten um die gute alte Sonne

Glühwürmchen – kleine süße Käfer, die tatsächlich leuchten

Gig – Job, Auftritt, Konzert

Groove – tanzbarer Rhythmus eines Songs

Good luck – viel Glück

Gospel Music – religiöse Songs der Afro-Amerikaner

Gitarrero – Wortspiel aus Gitarrist und Torero (spanischer Stierkämpfer)

Headliner Band – wenn in einem Konzert mehrere Bands spielen, dann ist diese Band der krönende Abschluss

Hobos – waren meist heimatlose nordamerikanische Wanderarbeiter. Sie nutzten Güterzüge, um als blinde Passagiere durchs Land zu reisen

Intro – die ersten Takte, die Einleitung eines Songs

Jamsession – spontanes Zusammenspiel von Musikern ohne Probe

Jazz – amerikanischer Musikstil

Jerry Lee Lewis – total ausgeflippter Rock-'n'-Roll-Pianist, der mit Händen und Füßen spielte

Kiddos – so viel wie: Leute, Freunde

Klippen – scharfe Felsen, die sich oft unter Wasser verstecken

kommunizieren – sich verständigen

Kongeriket Norge (Königreich Norwegen) – hier: der Name des Schiffes

Kontrabass – früher auch Bassgeige genannt. Im Zusammenspiel mit der Bass Drum des Schlagzeugs verantwortlich für den Groove eines Songs

Koordinaten – hier: die Punkte, mit denen man die Positionen auf der Erde findet

Kreaturen – Lebewesen

LA – Los Angeles

Landratten – nennen Seeleute den Rest der Menschheit

Lavendel – wunderbar duftend blühende Pflanze

Lehrermodus – Verhaltensweise

Lichtjahr – ein Lichtjahr ist die Strecke, die das Licht in einem Jahr zurücklegt, nämlich 9.461 Billionen Kilometer. Von Flensburg bis München sind es schlappe 760 Kilometer

Licks – kurze Melodie-Linien, die meist nur ein oder zwei Takte lang sind

Listen, my furry friend – Pass mal auf, mein felliger Freund

Magischer Moment – wie verzaubert

Majesty – Majestät, Anrede für Königin oder König

Ma'am – kurz für englisch: Madam, meine Dame, höfliche Anrede

Manager – kümmert sich darum, dass seine Künstler möglichst viele Gigs haben und nicht Hunger leiden

Mantra – hier: ständig wiederholt

Maultrommel – bayrisches Volksmusikinstrument; schnarrt, und man kann sich mächtig an Lippen und Zähnen wehtun

Materialisieren – hier: wieder erscheinen

Meditieren – eine bewusstseinserweiternde Übung in der Stille

Meeting – Zusammenkunft, Konferenz

Monsterwelle – gefürchtete Riesenwelle der Ozeane

Mozart – Wolfgang Amadeus, österreichischer Komponist, er lebte von 1756 bis 1791, wurde also kaum 36 Jahre alt und schrieb unglaublich viele wunderbare Musikstücke

Metropole – Großstadt

Native American – zeitgemäßer Begriff für Indianer

Neptun – römischer Gott der Meere; düst immer mit einer dreizackigen Gabel rum

Newcomers – hier: Neulinge

Nirwana – hier umgangssprachlich: Im Nirgendwo – da, wo man nicht gefunden werden kann

Nice to meet you – »schön, euch/dich kennenzulernen«

Oberammergau – in diesem bayrischen Städtchen gibt es besonders geschickte Holzschnitzer

Open-Tuning-Gitarrenspiel – das ist eine in der Folk- und Rockmusik gebräuchliche Art, die Gitarre auf einen selbstgewählten Akkord zu stimmen, um wunderbare Harmonien zu erzeugen

Parallelwelt – ist eine Welt, die neben der unseren existiert

Passatwind – ein mäßig starker und beständiger Wind, der in den Tropen rund um den Erdball weht

Performance – Darbietung, hier: Show

Perserteppich – edler, handgeknüpfter Teppich

Perth – große westaustralische Hafenstadt

Phrase – leere Worthülse; sollte man vermeiden

Provisorisches Lager – nicht für immer gedacht

Polarkreis – hier: das Gebiet um den Nordpol

Präsidentensuite – die teuerste und größte Zimmerflucht in Luxushotels

Prozedur – wie man etwas macht

Ready to rock 'n' roll – fertig, wir können, auf geht's

Rebell – einer, der sich nicht anpasst und sein eigenes Ding macht

Repertoire – alles, was man so draufhat

Riff – wiederkehrende, einprägsame Tonfolge, oft als Grundlage für einen Song

Riffmeister – cooles Wortspiel aus »Riff« und dem militärischen Rang »Rittmeister«

Ritual – eine stille Minute, um sich einzustimmen auf das Konzert

Rock 'n' Roll – Musikrichtung und Lebensstil

Roadies – die Helfer der Musiker »on the road«, also auf Tour

Rolling Stones – britische Rockband

Rolls – Trommelwirbel

Risiken – Plural von Risiko. Ein Unternehmen, das auch schiefgehen könnte

Roter Teppich – wird bei Filmpremieren und anderen großen Veranstaltungen für die Ehrengäste ausgerollt

Seekrankheit – scheußliches Gefühl im Magen, hervorgerufen zum Beispiel durch Schaukeln oder wie hier dem Auf und Ab des Seegangs

Showtime – der Zeitpunkt, an dem die Show beginnen sollte. Wird von manchen Bands nicht immer so genau genommen

Science Fiction – fantasievolle Abenteuer, meist im Weltraum

Smog – Wort aus »Smoke« und »Fog«, üble Luft durch Abgase

Snare Drum – die kleine Trommel des Schlagzeugs mit einer schnarrenden Feder an der Unterseite

Sonate – klassisches Musikstück

Sound Check – vorm Konzert stellen die Tontechniker mit den Musikern den Sound, also den Klang und die Lautstärke der Instrumente und Gesangstimmen ein, nervt manchmal

Star Trek – ist wahrscheinlich die bekannteste TV-Serie der Welt

Stil – das Eigene, das Unverwechselbare. Entweder man hat Stil oder man hat keinen

Soulmusic – von Soul (Seele) afro-amerikanische Musik

souverän – wenn man sicher und überlegen auftritt

Sunset Strip – berühmte Straße in Los Angeles

Suite – mehrere zusammenhängende Zimmer im Hotel

Sydney – große Hafenstadt an der Ostküste von Australien

Sponsoren – geben Geld oder allerlei Waren für Projekte wie zum Beispiel eine Tournee

Stuff – vielseitig anwendbar, hier: »eure Songs«

Supporting Act – die Band, die das Konzert vor der Hauptband, den Headliners, eröffnet

Tafelberg – der abgeflachte Berg in Kapstadt, Südafrika, dessen Form an einen Tisch, also an eine »Tafel« erinnert

Tarantel – etwa handtellergroße Spinne, niedlich und harmlos

Tohuwabohu – heftiges Durcheinander

Trolle – kleine Waldgeister, nicht zu verwechseln mit »Trollen« im Internet

Troubadour – mittelalterlicher Singer/Songwriter

Unterfangen – Unternehmen, das auch mal danebengehen kann

UNO – United Nations Organisation. Vereinigung vieler Staaten der Welt, bei deren Versammlungen die Köpfe rauchen, weil sich immer alle streiten

Waldelefanten – sind die kleinere Art der afrikanischen Elefanten

Yikes – »Oh Mann«, »was ist das denn?« etc.

Zeitgefühl – wer keins hat, kommt oft zu spät

Zydeco – eine schnelle, tanzbare Musikform des amerikanischen Bundesstaates Louisiana, zu dem New Orleans gehört. Charakteristische Instrumente sind Akkordeon und Waschbrett, das mit aufgesteckten Fingerhüten oder zwei Löffeln als Rhythmusinstrument gespielt wird

Danksagung

Für ihre Hilfe bei der Geburt dieses Buchs bedanke ich mich bei:

Meiner Frau Anja
meiner Tochter Sophie Charlotte
meinem Deutschlehrer Horst Lieding
Katja und Arndt Schulz
Christiane Munsberg
Anja Hauptmann
Sascha Schöne
Peter Sattmann
Philip Hansmann
Stefanie Butscheidt
Jürgen Müller
Christiane Fischer
Ilona Drendel
André Selleneit

Und mein ganz besonderer Dank geht an
Catrin Welz-Stein – für Deine wunderbaren Illustrationen